Angelika Klüssendorf
April

PIPER

Zu diesem Buch

Eine junge Frau, die sich April nennt und nur eines will: nach den Schrecken der Kindheit und einer Jugend ohne Jugend endlich ein selbstbestimmtes Leben führen. Am Anfang stehen ein einziger Koffer und ein Zimmer zur Untermiete im Leipzig der späten Siebzigerjahre; am Ende ein Kind, die Ausreise nach Westberlin und ein Literaturstipendium. Dazwischen liegen Ausbrüche und Rückschläge, Glücksmomente und ein Selbstmordversuch, Rausch und Ernüchterung. Und die Erfahrung, dass es schwer ist, jemanden zu lieben, aber noch schwerer, sich lieben zu lassen. Beginnt nach solchen Erfahrungen endlich ein Leben in Sicherheit?
Angelika Klüssendorfs beeindruckender Roman stand wie sein Vorgänger »Das Mädchen« auf der Shortlist des Deutschen Buchpreises. Einfühlsam, doch ohne Pathos erzählt die Autorin von einem Weg aus der scheinbar ausweglosen Vergangenheit. Ein Meisterwerk.

Angelika Klüssendorf, geboren 1958 in Ahrensburg, lebte von 1961 bis zu ihrer Übersiedlung 1985 in Leipzig; heute lebt sie in der Nähe von Berlin. Sie veröffentlichte mehrere Erzählbände sowie den Roman »Alle leben so« und die von Kritik und Publikum begeistert aufgenommene Roman-Trilogie »Das Mädchen«, »April« und »Jahre später«, deren Einzeltitel alle für den Deutschen Buchpreis nominiert waren und zwei Mal auf der Shortlist standen. Zuletzt wurde sie 2019 mit dem Marie Luise Kaschnitz-Preis geehrt, im Herbst 2021 erschien ihr neuer Roman »Vierunddreißigster September«.

Angelika Klüssendorf

APRIL

Roman

PIPER

Mehr über unsere Autorinnen, Autoren und Bücher:
www.piper.de

Wenn Ihnen dieser Roman gefallen hat, schreiben Sie uns unter Nennung des Titels »April« an *empfehlungen@piper.de*, und wir empfehlen Ihnen gerne vergleichbare Bücher.

Von Angelika Klüssendorf liegen im Piper Verlag vor:
Das Mädchen
April
Jahre später
Vierunddreißigster September

Unser Versprechen für mehr Nachhaltigkeit
- Klimaneutrales Produkt
- FSC®-zertifiziertes Papier
- Hergestellt in Europa

MIX
Papier aus verantwortungsvollen Quellen
FSC® C083411
FSC www.fsc.org

Ungekürzte Taschenbuchausgabe
ISBN 978-3-492-31852-5
Piper Verlag GmbH, München 2021
November 2021

Umschlaggestaltung: Cornelia Niere
Umschlagabbildung: plainpicture/Millennium/Marlies Plank
Satz: Felder KölnBerlin
Gesetzt aus der Stempel Garamond
Druck und Bindung: CPI books GmbH, Leck
Printed in the EU

Für Anna, Jakob und Axel Hahn

1

Die junge Frau klingelt an der Wohnungstür im Erdgeschoss. Auf dem Schild steht in verschnörkelter Schrift: Frl. Jungnickel. Ein Vogel zwitschert, zwei kurze Triller, dann ist es wieder still. Der Mann neben ihr räuspert sich, auch er drückt den Klingelknopf, ungeduldig und länger anhaltend. Diesmal sind Schritte zu hören, das vergitterte Türfenster wird geöffnet, eine Alte schaut heraus, regungslos, nur ihr eines Lid zittert. Nach einer Weile scheint sie zu begreifen, was ihr der Mann von der Jugendhilfe mitteilt. Die junge Frau und der Mann müssen sich ausweisen, dann dürfen sie eintreten. Sie folgen der Alten durch den Flur in ein schlauchartiges Zimmer. Die junge Frau sieht sich um, ein eisiger Luftzug streift ihr Gesicht, das Fenster muss undicht sein. Hier wird sie die nächsten Monate, vielleicht auch Jahre verbringen. Sie ist gerade achtzehn geworden, das Zimmer hat sie von der Jugendhilfe zugewiesen bekommen, genau wie die Stelle als Bürohilfskraft im Starkstromanlagenbau.

Sie gehen mit der Alten in die Küche. Noch nie hat sie eine so finstere Küche gesehen, selbst der Mann schaut erstaunt. Der Fußboden ist pechschwarz gefliest, die Wände sind mit einer dunklen, glänzenden Ölfarbe überzogen, der Küchenschrank und sogar das Waschbecken mit schwarzem Linoleum ausgeschlagen.

Ist wegen dem Dest, sagt die Alte mit breiter sächsischer Aussprache. Sie hört das Wort zum ersten Mal und fragt: Was ist Dest? Sie kann den Erklärungen nicht ganz folgen, glaubt aber zu verstehen, dass Dest Dreck bedeutet, und wirklich, die Küche ist von makelloser Sauberkeit, kein Stäubchen weit und breit.

Der Mann verabschiedet sich, wünscht der jungen Frau viel Glück für ihr weiteres Leben, als wäre es ein Würfelspiel.

Fräulein Jungnickel, eine hagere Frau um die siebzig, verschwindet in ihrem Zimmer und lässt die Tür einen Spaltbreit offen. Nun kann sie das Gezwitscher deutlich hören, dazu die Stimme der Alten im Zwiegespräch mit dem Vogel.

Nachmittags werden die Möbel geliefert, die sie sich bei einer Haushaltsauflösung aussuchen durfte, ein Sofa, zwei Sessel, eine alte Vitrine, dazu Töpfe, Geschirr, Decken.

Die letzten Jahre hat sie in Heimen verbracht, mit hundert Mark und der Zuweisung für die Wohnung wurde sie ins Erwachsenenleben entlassen. Den Namen April hat sie sich selbst gegeben. April besitzt einen Koffer, in dem sich ihre spärlichen Habseligkeiten befinden, ihn hievt sie auf den Ofen. Sie wird sich Kohlen besorgen müssen, der halbe Winter liegt noch vor ihr. Es ist Samstagmittag, sie geht in die Kaufhalle, kauft Brot und einen großen Vorrat Tütensuppen. Auf dem Rückweg versucht sie sich einzuprägen, vor welchen Häusern die Kohlehaufen auf dem Bürgersteig liegen.

Als sie sich in der Küche eine Tütensuppe kochen will, kommt Fräulein Jungnickel herein und bleibt mit verschränkten Armen vor ihr stehen. Das Fräulein steht wortlos da und beobachtet April. Sobald Wassertropfen auf das schwarze Linoleum treffen, nimmt sie einen gefalteten Lappen und wischt die Tropfen weg, dann stellt sie sich wieder vor ihr auf – so geht das eine ganze Weile: Sie rührt im Topf, ein Krümel, ein Tröpfchen fliegt durch die Luft, die Alte stürzt sich darauf wie ein Habicht auf seine Beute. April weiß, dass sie mit der alten Schachtel auskommen muss, also lächelt sie wie über einen kleinen Scherz.

Sie macht sich ihr Lager auf dem Sofa zurecht, wickelt sich fest in die Decke. Während sie zu lesen versucht, hört sie eine Uhr schlagen. Beim zehnten Gong wird ihre Tür geöffnet, das Fräulein kommt herein und knipst wortlos das Deckenlicht aus. April liegt auf dem Rücken und schaut in die Dunkelheit. Aus dem oberen Stockwerk ist ein lang anhaltendes Klopfen zu hören, das sich hinter ihrer Stirn fortsetzt. Als das Geräusch verstummt, kommt es ihr sehr still vor in dem Zimmer.

Am Morgen wird sie früh wach und nimmt zuerst die hässliche Tapete wahr, dann ihre vor Kälte tauben Füße. Sie stopft die Decke vor das undichte Fenster, dreht in der Küche den Gasherd auf und wärmt sich an den Flammen. Als sie den Vogel hört, es klingt wie ein Wehklagen, zieht sie sich an und verlässt die Wohnung. Das harte Morgenlicht fällt auf menschenleere Straßen, verrußte Schneewehen türmen sich auf den Bordsteinen, es riecht nach Abgasen, Kohlenstaub und Schwefel. Ziellos wandert sie umher, ihre Schritte knirschen im Schnee. Die Geschäfte sehen aus wie lange schon verlassen, und in den Schaufenstern liegt der übliche bleierne Kram. April überlegt, was sie sich von ihrem ersten Lohn kaufen wird; ein Plattenspieler müsste auf jeden Fall drin sein: Wie oft hat sie sich das vorgestellt, ein eigenes Zimmer und Musik von Janis Joplin. Sie ist stolz auf diese LP, die sie gegen eine LP von Biermann eingetauscht hat, für den Biermann war zuvor der gesamte Shakespeare über den Tisch gegangen, eine prachtvolle Werkausgabe mit grünem Lederrücken.

Sie bekommt das Fräulein den ganzen Tag nicht zu Gesicht, selbst die Tütensuppe kann sie ungestört kochen, doch die Zwiegespräche mit dem Vogel hört sie bis in die Abendstunden. Diesmal knipst April das Licht vor dem zehnten Gong selbst aus, erleichtert, dass der Sonntag zu Ende geht.

Sie wacht auf, bevor der Wecker klingelt, geht leise auf die Toilette, putzt sich die Zähne über dem Waschbecken. Sie will ordentlich aussehen, und das bedeutet, dass sie nicht ihre Lieblingsklamotten tragen kann, eine geflickte Levi's und ihren Nicki aus dem Westen, mit der USA-Flagge bedruckt.

Es ist noch dunkel, als sie im Stadtzentrum aus der Straßenbahn steigt. Sie mischt sich unter die Menschen, die auf einen großen Flachbau zulaufen, »VEB Kombinat Starkstromanlagenbau Leipzig – alle« steht in Leuchtschrift über der Eingangstür. Eigentlich sollte es »Halle« heißen, aber der Buchstabe H ist nicht erleuchtet. Aus irgendeinem Grund freut sie das, genau genommen hat sie wenig Lust auf ihre neue Arbeit. Doch was hätte sie sonst für Möglichkeiten? Außer dem Abschluss der zehnten Klasse und einer abgebrochenen Lehre in der LPG hat sie nichts vorzuweisen.

Der Pförtner bringt sie zu ihrem Arbeitsplatz. In den Gängen hängt der Geruch nach Desinfektionsmittel. Als sie den Raum betritt, blicken alle auf, an der Stirnseite des großen Tisches erhebt sich eine Frau in mittleren Jahren, die sich als ihre Büroleiterin vorstellt. Mit der Geste einer Gastgeberin weist sie ihr den Fensterplatz zu. April zählt sieben weitere Personen, die sie neugierig anstarren. Die Büroleiterin macht sie mit den anderen Kollegen bekannt, doch die Namen dringen kaum in ihr Bewusstsein. Die Frau zu ihrer Linken beginnt sogleich einen Vortrag über ihre Aufgaben: Es geht darum, Kabel an die Betriebe zu verteilen; für jede Zuteilung muss sie einen Vordruck ausfüllen und sich bei der Kabelvergabe an die Bezifferung von eins bis zehn halten, eins bezeichnet Regierungsvorhaben, die vorrangig zu behandeln sind. Die Frau hat eine feuchte Aussprache, April bemüht sich, die Spritzer unauffällig aus ihrem Gesicht zu wischen. Ein Mann mit dünnem, quer über den Schädel gekämmtem Haar zieht seinen Bleistift immer wieder hart am Lineal entlang; er ist der einzige Mann in diesem Raum. Schon nach einer

Stunde muss April ihre ganze Willenskraft aufbieten, um nicht am Tisch einzuschlafen. Sie versucht, die Vordrucke mit ihrer besten Schrift auszufüllen. Während der Frühstückspause kauft sie im Kombinatskiosk Kaffee, eine Bockwurst und mehrere Brötchen. Es schüchtert sie ein, dass ihr alle beim Essen zusehen, sie meint, in den Blicken ihrer neuen Kollegen eine gutmütige Überlegenheit wahrzunehmen, und am liebsten möchte sie ihnen sagen: Ich werde hier niemals so alt werden wie ihr.

Von ihrem ersten Lohn, 320 Mark, kauft sie sich einen Plattenspieler und eine alte Ausgabe der Märchen der Gebrüder Grimm mit schönen Illustrationen. Wenn sie »Das kluge Gretel«, ihr Lieblingsmärchen, liest, fühlt sie sich in ihre Kindheit zurückversetzt, als sie zur Strafe in den Keller gesperrt wurde und sich mit diesem Märchen den Hunger vertrieb. Sie liest die Märchen mit dem Gefühl, davongekommen zu sein, vorerst.

Für den restlichen Monat bleiben ihr schlappe 28 Mark. Doch es gibt auch andere Möglichkeiten, um über die Runden zu kommen. Sie klaut bei jeder Gelegenheit; schon im Kinderheim war sie die geschickteste Diebin, einmal hat sie sogar vor den Augen der Verkäuferin zehn Schokoladentafeln mitgehen lassen.

Bevor sie frühmorgens zur Arbeit geht, legt sie die Platte auf, setzt immer wieder die Nadel zurück, um den einen Titel zu hören: »Summertime« von Janis Joplin, ihr Lieblingslied in diesem Winter.

Mit dem Fräulein versucht sie auszukommen, obwohl

sie sich längst nicht mehr alles gefallen lässt. Knipst die Alte abends ihr Licht aus, macht April es wieder an, das Gekeife überhört sie, schaltet auf Durchzug, darauf versteht sie sich.

Sie hat sich Kohlen besorgt und versäumt, ihre Miete zu bezahlen. Sie ernährt sich von Tütensuppen und dem Frühstück aus dem Kombinatskiosk. Während der Arbeit versinkt sie in Tagträumen, in denen sie interessante Menschen kennenlernt. Abends in ihrem Zimmer schreibt sie lange Briefe an einen unbekannten Geliebten, dem sie sich in wechselnden Rollen vorstellt, mal als Studentin der Tiermedizin, mal als Schauspielerin oder einfach nur als Abenteuerin.

An einem besonders frostigen Tag legt sie bis in den späten Abend Kohlen nach. Als sie nachts von einem Hustenanfall aufwacht, ist das ganze Zimmer verqualmt. Verschlafen macht sie Licht und entdeckt auf dem Ofen ihren schwelenden Koffer. Noch im Halbschlaf reißt sie das Fenster auf, schleppt den Koffer in den Flur, lässt ihn benommen auf den Dielenbrettern stehen, taumelt ins Bett zurück und schläft sofort wieder ein. Sie wird abermals geweckt, diesmal von einem ohrenbetäubenden Krachen, und als sie die Tür öffnet, kommen ihr aus den Rauchschwaden zwei Feuerwehrmänner entgegen. Fräulein Jungnickel irrt, nur mit einem Nachthemd bekleidet, durch den Flur, einer der Männer versucht sie zu beruhigen, und der Vogel krächzt gotterbärmlich um sein Leben. Die Männer tragen den Koffer raus, spritzen den Boden ab, einer ruft: Wie kann man nur so bescheuert sein.

Mit dem Koffer verliert April alles, was sie an die Vergangenheit bindet: Briefe, Tagebücher, Dinge, die sich im Laufe ihres Lebens angesammelt haben. Als es wieder still ist, kann sie lange nicht einschlafen. Vielleicht war der Brand ein Zeichen, ein Zeichen für einen Neuanfang, doch sie hat keine Ahnung, wie der aussehen soll.

Seit diesem Vorfall lässt Fräulein Jungnickel sie nicht mehr aus den Augen. Die Alte betritt ihr Zimmer, wann es ihr passt, kommentiert in sächsischem Singsang jedes Stäubchen, folgt ihr sogar zur Toilette und wartet vor der Tür. Sie beschwert sich bei ihrem Vogel lautstark über sie, und immer wieder fällt das Wort Dest.

Freunde aus ihrer alten Clique statten April einen Einweihungsbesuch ab. Sie kommen aus den Dörfern, aus der Pampa angereist, zu ihr, die jetzt in der Stadt wohnt. Während ihrer Lehre hat sie die gesamte Freizeit mit ihnen verbracht, ist mit ihnen auf dem Motorradrücksitz durch die Gegend gerast, immer auf der Suche nach neuen Vergnügungen: nach Brünn zum Autorennen, Ziegenkäse essen, Schwarzbier trinken; im März das erste Anbaden in der Ostsee; einmal haben sie sogar in einer Kirche übernachtet.

Schwarze Paul hat zwei Kisten Bier dabei, er ist Schafscherer, mit seinen mächtigen Oberarmen könnte er fünf von ihrer Sorte tragen. Er begrüßt sie, als hätte er sich gestern erst von ihr verabschiedet, na, Rippchen, sagt er, ganz schön kalt in deiner Bude. Er zeigt ihr einen blauen Fleck von einem Schafshuf auf seiner

Hand, das Drecksvieh, sagt er, beinahe hätte ich es erwürgt.

Sie mag ihren Spitznamen, Rippchen klingt tröstlich; früher hatten die Jungs noch ganz andere Namen für sie: Gerippe, Speiche, Hungerhaken.

Dann kommt Sputnik, benannt nach einem der zahlreichen sowjetischen Satelliten, nur sie konnte sich in der Schule im Langstreckenlauf mit ihr messen. Sputnik begutachtet skeptisch ihr Zimmer, spießige Tapete, sagt sie, und wer ist die Alte da draußen?

Die Alte war nie jung, sagt April, ist schon alt geboren, und mit ihrem Reinlichkeitsfimmel würde sie mir sogar die Nase putzen, wenn ich nicht aufpasse. Sie erzählt, wie Fräulein Jungnickel sie überwacht – schnell sind sich alle einig: Das alte Fräulein ist verrückt.

Das kannst du dir nicht gefallen lassen, sagt Schwarze Paul, und sein leichter Silberblick verrutscht bedrohlich.

Am späten Nachmittag ist die ganze Bande in ihrem Zimmer versammelt. Sie trinken, rauchen, reden wie Veteranen von alten Zeiten, Mücke parodiert Walter Ulbricht, sie singen Schlager aus den Sechzigern. Mücke ist noch dünner als sie, seine Gesichtszüge sind scharf geschnitten wie die einer Marionette. April hat ihn nie über seine Krankheit sprechen hören, doch laut Sputnik ist er ein Todeskandidat. Abends fahren sie mit dem Bus in die »Riviera«, eine Dorfdisco, und reihen sich geduldig in die Schlange ein. Als der pockennarbige Türsteher sie endlich durchwinkt, sind die besten Plätze am Kachelofen bereits besetzt. Sie wärmen sich mit der Ampel auf, einer Likörmischung aus Pfeffi, Apricot und Kirsch; Mücke schmeißt eine Runde nach der anderen. April bahnt sich einen Weg durch den überfüllten Saal, die Stimmung brodelt, aufgedreht springt sie umher und schafft es, auf die Bühne zu klettern, um sich beim Discjockey »April« von Deep Purple zu wünschen. Im Morgengrauen hat sie überhaupt keine Lust, nach Hause zu fahren, sie will nicht aufhören zu tanzen, aber noch während »Je t'aime« läuft, geht die grelle Festbeleuchtung im Saal an. Sie hat mit Frieder getanzt, eng an ihn geschmiegt, und als die Musik verstummt, verharrt sie regungslos, wie ein Standbild, sie schließt die Augen und erwidert Frieders Küsse.

Frühmorgens wacht sie als Erste in ihrem Zimmer auf, ihre Freunde liegen in Schlafsäcken auf dem Boden, es riecht nach Alkohol und kaltem Rauch. April ist zittrig und müde. Vor dem Fenster entdeckt sie einen funkelnden Eiszapfen, von dem sich Tropfen lösen, sie glaubt, die Tropfen mit einem Knall platzen zu hören. Frieder liegt neben ihr auf dem Sofa. Sie versucht, sich an die gestrige Nacht zu erinnern, doch ihr fällt nur die Knutscherei ein. April ist verliebt, was nichts bedeutet, sie ist oft verliebt. Sie kann mit einem Fremden einen Blick wechseln und nächtelang von ihm träumen, eine kurze Begegnung reicht aus, um ihr Herz höherschlagen zu lassen, aber es hält nie lange an. Frieder hat einen schönen Mund, allerdings sind seine Küsse hart und trocken. Er hat sich für drei Jahre bei der Armee verpflichtet, weil er Arzt werden will. Bei den Mädchen steht er nicht nur wegen seines Aussehens hoch im Kurs, er trägt Levi's und versteht was von Musik. Sie klettert vorsichtig über ihn hinweg, und während sie in der Küche den Wasserkessel aufsetzt, hört sie keinen einzigen Vogeltriller aus dem Zimmer der Jungnickel. Nach und nach werden alle wach, Mücke findet noch eine Flasche Bergmannsschnaps in seinem Rucksack, das Gesöff ist hochprozentig, sie nippt nur daran. Irgendwann kommt Schwarze Paul auf die Idee, der Alten und ihrem Vogel einen Besuch abzustatten. Obwohl April über seinen Vorschlag nicht begeistert ist, stimmt sie zu.

Lass uns eine Münze werfen, sagt Mücke, Kopf oder Zahl, und der Sieger muss vor der Alten nackt ein Lied trällern.

Kopf, sagt Schwarze Paul und gewinnt. Er zieht sich aus, als sei nichts dabei, Sputnik pfeift anerkennend, alles an ihm ist Furcht einflößend groß. Spätestens jetzt möchte April die ganze Sache rückgängig machen, doch da ist Schwarze Paul schon unterwegs.

Sie hören seine Stimme, laut und schmetternd: Ramona, zum Abschied sag ich dir goodbye, dann ein schrilles Kreischen, das sich Oktave um Oktave höher schraubt, dazwischen irres Vogelgezeter, und als Schwarze Paul zurückkommt, sieht er bleich aus. Die hat noch nie 'nen nackten Mann gesehen, sagt er, das ist mal klar.

Nachdem die Freunde sich abends von ihr verabschiedet haben, traut sich April nicht auf den Flur. Sie hört es draußen rumoren, als würden Möbel verrückt, das dauert bis spät in die Nacht, und sie stellt sich vor, wie das Fräulein sich hinter ihrem Schrank verbarrikadiert hat und an Schwarze Paul denkt.

2

An einem der ersten Frühlingstage trägt sie frühmorgens ihre zerschlissene Levi's und den Nicki mit der amerikanischen Flagge. Das Krakeelen der Vögel hat sie übermütig werden lassen. Die Abteilungsleiterin schickt sie empört nach Hause, sie soll sich umziehen und ihre Arbeitszeit nachholen. Das kann sie aber nicht, es gibt einen Kobold in ihr, der sich solchen Anweisungen zwanghaft widersetzt. Stattdessen geht sie in den Zoo, beobachtet ihren Lieblingsaffen, die restlichen Stunden vertrödelt sie in der Innenstadt. Am liebsten würde sie sich in ein Café setzen, doch sie traut sich nicht. Abends läuft sie unruhig in ihrem Zimmer umher, die Vögel draußen vorm Fenster, es müssen Tausende sein, scheinen für ein großes Konzert zu proben.

Sie fährt später noch einmal mit der Straßenbahn in die Stadt, nimmt all ihren Mut zusammen und betritt den »Thüringer Hof«. Der Eingang ist mit einem Seil verhängt, und schon während sie sich in die Reihe der

Gäste stellt, die hinter der Absperrung auf ihre Platzierung warten, möchte sie sich in Luft auflösen. Als ein mürrischer Kellner ihr einen Platz am Ende des Raumes zuweist, will sie nur noch schnell und unauffällig wieder verschwinden. Aber der Weg zur Tür ist weit, also bleibt sie sitzen, bestellt ein Bier nach dem anderen und verlässt als Letzte die Kneipe.

Am nächsten Morgen kann sie die Augen kaum öffnen, in ihrem Kopf ein hartes Pochen. Sie trägt wieder ihre zerschlissene Levi's und den Nicki. In der Straßenbahn verspürt sie den Drang, vor all den Alltagstrottgesichtern auszuspucken, ganz schwindlig ist ihr vor Hochmut.

Im Büro muss sie zum Hauptabteilungsleiter, doch der scheint nur halb bei der Sache, er gibt ihr zu verstehen, dass sie bei der Arbeit besser einen BH tragen sollte. Sie glaubt zuerst, sich verhört zu haben. Die amerikanische Flagge auf ihrem Nicki erwähnt er mit keinem Wort. Macht er sich über sie lustig? Sie kann in seinem Gesicht nichts dergleichen entdecken, nur ein hungriges Leuchten, und als sie begreift, worauf er hinauswill, zeigt sie ihm böse grinsend die Zähne, bedeckt ihn im Stillen mit ihrem Vorrat an Flüchen.

Manchmal, wenn sie früh aufwacht, fühlt sich ihre Zunge dick und pelzig an. Dann weiß sie einen Moment lang nicht, wo sie ist. Die Freunde fehlen ihr, aber sie hat keine Lust, aufs Dorf zu fahren, oder vielleicht ist es sogar Angst. Als gäbe es eine Ansteckungsgefahr, wenn sie an die Orte ihrer Jugend zurückkehrte, und sie müsste dann für immer dableiben. Der Einzige aus der Clique, der sie besucht, ist Frieder. Wenn er Armeeurlaub hat, liegen sie stumm auf dem Sofa, und obwohl er mehr will als nur fummeln, lässt sie ihn nicht ran. So jedenfalls hat sie es einmal Frieder zu Schwarze Paul sagen hören: Rippchen lässt mich nicht ran. Der Satz gibt ihr ein Gefühl von Macht, sie ist also jemand, der gewähren lassen kann oder nicht. Nun, sie will es nicht oder noch nicht. Wartet sie auf den Richtigen? Ihr genügt diese Art von Erregung, dieses folgenlose Gerangel, sie fühlt sich sicher im Bereich der Spiele.

Die Frühlingstage verstärken ihre Unruhe. Wenn vor Einbruch der Dunkelheit die Vögel lärmen, zieht es sie nach draußen. April hat festgestellt, dass spät am Abend im »Thüringer Hof« nicht mehr platziert wird, sie sucht sich einfach einen freien Tisch und tut so, als würde sie die Blicke der anderen Gäste nicht bemerken. Alkohol schmeckt ihr nicht, sie würde Limo vorziehen, doch ihre Anspannung weicht, sobald sie das erste Bier trinkt.

Einmal setzt sich ein Pärchen zu ihr an den Tisch. Der Mann trägt einen Schlips, obwohl er gar nicht wie ein Schlipsträger aussieht. Eher ähnelt er einem verkleideten Tapir, beim Sprechen zittert seine große Nase. Seine Freundin hingegen könnte auch im Kombinat arbeiten, nur ihr Mund ist eine Spur zu rot und geformt wie ein Herzchen. Der Mann bestellt eine Runde Schnaps, und als der Kellner die Gläser serviert, schiebt der Tapir ein Glas in Aprils Richtung. Dann beugt er sich zu ihr und sagt: Man nennt mich Adam Schlips. Sein Ton ist der eines beschwipsten Angebers. Er weist auf seine Freundin und sagt, das ist Eva, du weißt schon, die von Adam.

Der Mann kommt ihr merkwürdig vor, zumindest so lange, bis sie drei Gläser Schnaps auf ex getrunken hat. Dann findet sie Schlips – er besteht auf dieser Anrede – ganz lustig. Sie hätten für diese Nacht keine Bleibe, sagt Schlips im Laufe des Abends, ob sie bei ihr übernachten könnten?

Spät in der Nacht haben es sich die beiden auf ihrem Sofa bequem gemacht. April liegt in einen alten Wintermantel gehüllt auf dem Boden.

Sie schafft es, am nächsten Morgen aufzustehen, doch im Büro wird sie von der Abteilungsleiterin kopfschüttelnd betrachtet. Sie sehen aus wie eine Leiche, sagt sie, wo haben Sie die Nacht verbracht?

Während sich alle über ihre Augenringe auslassen, muss April an das Pärchen in ihrem Zimmer denken, und sie wünscht sich, dass der Mann und die Frau verschwunden sind, wenn sie nach Hause kommt. In der Frühstückspause versucht sie auf einem Toilettendeckel sitzend zu schlafen, Arme und Kopf auf den Knien. Die restlichen Stunden verbringt sie in einem Dämmerzustand, verliert sich in Träumereien, starrt aus dem Fenster, doch spätestens als die Frau zu ihrer Linken laut und vorwurfsvoll hustet, spürt sie die Blicke ihrer Kollegen. Herr Blümel ruft ihr zu: Verehrtes Fräulein, schlafen Sie nicht ein. Schadenfroh registriert April, dass die Kopfhaut unter seinem dünnen Haar zu zucken beginnt. Das geschieht immer, wenn er sich aufregt.

Als sie abends schlecht gelaunt die Wohnung betritt, hört sie Schlips aus der Küche rufen: Heute gibt es Gulasch.

April möchte allein sein, sie möchte, dass die beiden gehen, doch sie ist zu feige, ihre Wünsche zu äußern. Sie versucht, das Beste daraus zu machen, trinkt ein Bier nach dem anderen und redet sich ein, Gulasch wäre eine willkommene Abwechslung zur Tütensuppe. Stunden später sind die Bierflaschen ausgetrunken. Schlips erzählt Geschichten, verliert den Faden, raucht Kette, keucht und hustet beim Lachen. Schläfrig hört sie, wie er Pläne entwirft, für einen Museumsraub, Banküberfall. Dann spricht er von einem kinderleichten Einbruch bei der bedepperten Alten, und April braucht eine Weile, ehe sie begreift, dass Fräulein Jungnickel gemeint ist.

Dienstags hat die Alte Toilettendienst, da kommt sie später nach Hause, sagt er, und seine große Tapirnase zittert.

So erfährt sie, wie Fräulein Jungnickel sich Geld dazuverdient. Er hat sie in ein Gespräch verwickelt: Die Alte sei zwar verkalkt, doch habe sie bestimmt eine Menge Kohle unter der Matratze versteckt.

Das ist nicht dein Ernst, sagt sie, die Alte bekommt einen Schlaganfall. April versucht, seinen Plan ins Lächerliche zu ziehen, führt eine Slapsticknummer nach der anderen vor, lässt das Fräulein nach ihrem Vogel japsen oder sich die schütteren Haare raufen.

Du bekommst deinen Anteil, sagt Schlips, und seine Freundin tätschelt ihr den Arm.

Am nächsten Tag wird April zu Hause von der Polizei erwartet. Sie streitet ab, von dem Einbruch gewusst zu haben. Fräulein Jungnickel sitzt heulend in der Küche und zeigt anklagend mit dem Finger auf sie. April spürt kein Mitleid, sie ist nur froh, Schlips und seine Freundin los zu sein.

Sie sieht Schlips erst vor Gericht wieder. Der Einbruch scheint eines seiner kleineren Vergehen gewesen zu sein. April ist als Komplizin angeklagt worden. Sie war beim Friseur, trägt einen dunklen Samtrock, den Herr Blümel von seiner ältesten Tochter ausgeliehen hat. Er hat auch die Patenschaft für sie übernommen – das Kollektiv stehe hinter der Angeklagten –, und als er diesen Satz mit leiser Stimme furchtlos ausspricht, zuckt nicht einmal seine Kopfhaut. April bekommt ein halbes Jahr auf Bewährung, sie ist wieder einmal davongekommen.

Ich soll dich von deinem Vater grüßen, sagt Schlips, als sie an ihm vorbeigehen will. April ist seinen Blicken während der Verhandlung ausgewichen, doch die Nachricht von ihrem Vater ändert die Lage. Sie bleibt stehen und sieht ihn an. Wir saßen in der U-Haft zusammen, flüstert Schlips und zwinkert ihr zu, meine Güte, der hat mir Geschichten erzählt. Sie versucht, sein komplizenhaftes Zwinkern zu übersehen, und kann sich die Geschichten nur allzu gut vorstellen: die Jugendstreiche ihres Vaters, abenteuerliche Sauftouren, Frauenepisoden, Splitter einer Künstlerkarriere, Erlebnisse, die er sich wahrscheinlich ausgedacht hat. Immer erzählte er ihr Geschichten, wenn er zwischendurch in ihrem Leben auftauchte.

Der Gruß von Schlips ist ihr unangenehm, so will sie nicht mit ihrem Vater verbunden sein. Wenn er nun stolz ist, weil sein Kind nach ihm geraten ist? Oder wird er sich Vorwürfe machen? Aus irgendeinem Grund wäre ihr das lieber. Sie kann sich nicht entsinnen, wann sie ihren Vater das letzte Mal gesehen hat, es ist etliche Jahre her. Anders als ihre ewig grausame Mutter hatte ihr Vater eine Art Gerechtigkeitssinn; er hat April nur mit der Hand geschlagen, er schlug auch nicht gern, es kam sogar vor, dass er sich danach entschuldigte. Trotz allem wünscht sie sich, dass ihr Vater sie auf seine Weise liebt.

3

Sputnik schreibt ihr von einem jungen Mann, der bald aus dem Knast entlassen wird; er sehe gut aus und sitze politisch, ob April Interesse an einem Briefwechsel habe. Nach ihrem ersten Brief wünscht sich Sven ein Foto von ihr. Sie schickt ihm stattdessen ihren Leitspruch von Rilke: »Wer spricht von Siegen, Überstehen ist alles«. Er antwortet ihr seitenlang, doch bei manchen seiner Sätze fragt sie sich, ob es sich um eine Art Geheimsprache handelt oder ob sie einfach nicht begreift, was er schreibt.

Vierunddreißig Tage muss Sven noch absitzen. Dann, an einem eisigen Sommertag, klingelt es an ihrer Wohnungstür. Frieder sitzt bei ihr auf dem Sofa, er hat Armeeurlaub und bemüht sich nach wie vor, April rumzukriegen. Der junge Mann, der geklingelt hat, muss sich nicht vorstellen, sie weiß gleich, wer er ist. Sven sieht sie durch eine runde Nickelbrille aus blassblauen Augen prüfend an, sein kurzes fuchsrotes Haar ist zerzaust, als sei er gerade erst aufgestanden. Sofort befällt April eine spröde Schüchternheit. Sie bedankt sich für die Weinflasche, die der ungebetene Gast mitgebracht hat, versucht, Frieder und Sven einander vorzustellen, doch sie bringt kein Wort heraus. Sven geht durch ihr Zimmer, als würde es ihm gehören, er nimmt ein Buch aus der Vitrine und beginnt darin zu lesen. April möchte am liebsten im Boden versinken, sie sieht zu Frieder, der bewegungslos dasitzt und raucht. Sie weiß nicht, was sie sagen soll, also sagt sie nichts. Sven trägt ein Holzfällerhemd und Jesuslatschen ohne Strümpfe, und sie fragt sich, warum er beim Lesen seinen Kiefer bewegt. Er setzt sich an den Tisch, stopft wortlos seine Pfeife, und als sie sich endlich entschließt, die beiden zu fragen, ob sie Hunger haben, wendet Sven sich an Frieder und sagt: Erzähl mir von ihr.

Was für ein Satz, denkt sie, völlig meschugge, und doch ist sie froh, dass überhaupt gesprochen wird. Frieder stottert verlegen herum, es dauert noch eine Weile, bis er begreift, dass er besser gehen sollte. Und obwohl April genau das will, ist sie enttäuscht, dass Frieder so schnell aufgibt.

Sie schafft es, den jungen Mann eine Woche lang hinzuhalten. Nächtelang kämpft sie mit ihm, und es erregt sie. April mag es, um sich zu schlagen, zu kratzen, zu beißen, bis ihre Körper ermattet nebeneinanderliegen, inzwischen vertraut genug, um sich für die nächste Schlacht zu rüsten.

Der eigentliche Akt enttäuscht sie, das soll's gewesen

sein, denkt sie, wozu so ein großes Trara, am liebsten hätte sie es rückgängig gemacht, sich ergeben zu haben; denn so sieht sie es: Sie hat sich im Kampf ergeben.

Sie zeigt ihm ihre Gedichte, und das ist der Auftakt zu einer Reihe von nächtlichen Lesungen. Sven hat im Gefängnis Hunderte von Seiten geschrieben, Erzählungen, Gedichte, er liest jedes Wort mit der richtigen Betonung, und sie kommt nicht dazu, ihre Texte vorzutragen. Obwohl sie versucht, genau hinzuhören, gibt sie es nach einer Weile auf, seinen schwer verständlichen Sätzen zu folgen. Während sie Aufmerksamkeit vortäuscht, träumt sie, und wenn sie einmal etwas sagt, nickt er ernst, bewegt seinen Kiefer, kaut bedeutungsvoll auf der Unterlippe. Von Nacht zu Nacht wird es ihr enger neben ihm auf dem Sofa, sie reagiert gereizt auf seine Berührungen und fragt sich, wo das große Gefühl bleibt. Wenn sie sich selbst befriedigt, hat sie einen Orgasmus, doch mit Sven passiert nichts. Sie wirft ihm vor, nicht zu wissen, worauf es beim Sex ankommt. Er gibt ihr zu verstehen, dass er sehr wohl in der Lage sei, eine Frau zu befriedigen. Seine Gesichtsmuskeln verhärten sich, wenn er ihr zu erklären versucht, warum er mit ihr gewisse Dinge nicht machen kann: Sie sei zu rein, zu besonders. Welche Dinge, will sie wissen und ist wütend, auch auf sich selbst, weil sie sich nicht vorstellen kann, wovon er spricht. Sie will kein besonderer Mensch sein, und Reinheit, meine Güte, wenn sie das schon hört.

Sven ist dreiundzwanzig, doch er kommt ihr älter vor, er will, dass sie zu klauen aufhört, er spricht davon, dass sie Abitur machen soll. Das erscheint ihr merkwürdig, nicht zuletzt, weil er selbst nichts macht. Während sie arbeiten geht, bleibt er in ihrer Wohnung, sie leben von ihrem Geld.

Es gibt einen Freund, den ihr Sven ehrfürchtig vorstellt.

Das ist der Meister, sagt er, ohne eine Miene zu verziehen.

Sie zweifelt keine Sekunde lang, dass er es ernst meint, und begrüßt das dünne, bärtige Männlein, auf dessen Stirn kleine Schweißperlen stehen. Sein Händedruck ist überraschend fest, doch seine Stimme klingt brüchig. Ich habe Kopfschmerzen, sagt er, kannst du mir Tabletten besorgen?

Der Meister hat ein Gedichtbändchen veröffentlicht, auch er saß im Knast, politisch, versteht sich. Er wohnt in einer kleinen Wohnung im Stadtzentrum. Als sie das erste Mal den Flur betritt, nimmt ihr ein unsäglicher Gestank den Atem. Die Toilette funktioniere nicht, erklärt ihr der Meister, sobald er die Spülung betätige, quelle die Scheiße aus dem Waschbecken hervor, und deshalb müsse er nach dem Spülen zum Waschbecken rennen und die Scheiße in die Badewanne bugsieren. In ihrem Freundeskreis besitzt niemand eine Badewanne, doch der wahre Luxus ist für sie, dass diese Wanne randvoll mit Scheiße gefüllt ist.

Sven versucht einen Klempner zu organisieren, ohne Erfolg. Er bewundert den Meister, hängt an seinen Lippen, und als dieser ihm vorschlägt, sein Sekretär zu werden, willigt er sofort ein. Die Aufgaben des Sekretärs bestehen darin, den Meister in die Kneipe zu begleiten, ihm nachts Zigaretten und Schnaps zu besorgen, ihm vierundzwanzig Stunden am Tag zur Verfügung zu stehen. April stört sich nicht daran, zumal der Meister im »Thüringer Hof« immer einen Tisch bekommt.

Trotz der langen Nächte bemüht sie sich, pünktlich im Büro zu sein. Herr Blümel nimmt seine Patenschaft ernst, er fragt nach ihren Freunden, und wie sie ihre Freizeit verbringt. Sie erfindet passende Geschichten, die er sich wachsam anhört – einmal zuckt seine Kopfhaut, als sie ihm eine Geschichte zum zweiten Mal erzählt. Sie will Herrn Blümel nicht enttäuschen; sie ist ihm dankbar, weil er sich für sie eingesetzt hat, dank seiner Aussage wurde ihre Strafe zur Bewährung ausgesetzt.

Ihr fällt auf, dass Sven und der Meister bedeutsame Blicke wechseln, zärtliche Gesten, die sie ausschließen. Sie beginnt zu begreifen, dass zwischen den Männern noch etwas anderes läuft. Es ist ihr egal, ob sie linksherum sind, ein Verhältnis haben, sich begehren; lethargisch, fast schläfrig beobachtet sie die beiden, ihr Herz kommt dabei nicht aus dem Takt.

Als der Meister ihr einmal die Narbe an seinem Bein zeigt und stolz erklärt, dass sich hinter dem grob genähten Schnitt noch immer eine Schraube befinde, die er längst hätte entfernen lassen müssen, fällt es ihr schwer zu verstehen, warum er so viel Aufhebens darum macht.

Ist doch nur eine Schraube, sagt sie, und kein Schrapnell aus dem Krieg.

Der Meister zieht seine rechte buschige Augenbraue hoch, kaut genauso bedeutungsvoll wie Sven auf seiner Unterlippe. Die Ticks der beiden gehen ihr auf die Nerven.

Längst hat sie sich eingestanden, Sven nicht zu lieben. Doch sie bleibt, weil ihr davor graut, ihre Tütensuppe allein zu essen und Fräulein Jungnickels Gekeife ertragen zu müssen. Die Alte verhält sich seit dem Einbruch noch aufgebrachter, ihre Klagen nehmen kein Ende, einmal behauptet sie sogar, ihrem Wellensittich würden vom Zigarettenrauch die Federn ausfallen. April spürt auch jetzt kein Mitleid mit der alten Frau, im Gegenteil, ihre Macken scheinen die Straftat im Nachhinein sogar zu rechtfertigen.

Sie zieht gern mit den beiden Männern durch die Kneipen, es erfüllt sie mit Genugtuung, nicht mehr wie die anderen hinter der Absperrung warten zu müssen; selbst die Kellner wirken freundlich, soweit das überhaupt möglich ist.

Der Meister erzählt auch Sven von der Schraube in seinem Bein, und für einen Augenblick bezweifelt sie, dass die beiden wirklich was miteinander haben, denn Sven schaut ganz erstaunt, geizt nicht mit anerkennenden Worten, für ihn ist die Schraube im Fleisch ein schöpferischer Akt und die Weigerung, sie entfernen zu lassen, ein politischer Geniestreich. April sagt überhaupt nichts mehr dazu, aber sie ist sicher, dass der Meister die Schraube nur aus Bequemlichkeit nicht entfernen lässt – soll er doch an diesem Ding verrosten.

Die Widersprüchlichkeit ihrer Gefühle erstaunt sie

selbst, es ist ihr schnuppe, ob die beiden miteinander schlafen, doch der Gedanke, in diesem Bündnis das dritte Rad am Wagen zu sein, erfüllt sie mit Unbehagen.

Bist du ein Homo, fragt sie den Meister, und während der sich über ihre Frage halb schlapp lacht, beißt sich Sven die Unterlippe blutig. Natürlich steh ich auf Jungs, sagt der Meister, hast du damit ein Problem? Er sieht sie an, als sei mit dieser Frage alles restlos geklärt. April spürt, wie sie unter seinen Blicken zu schrumpfen beginnt. Ist mir doch egal, sagt sie und strengt sich an, es auch so aussehen zu lassen.

Ich will dich nicht verlieren, sagt Sven später zu ihr, und sie ist zu feige, ihm zu antworten, dass er sie schon verloren hat.

Vom Dachboden im Haus des Meisters hat sie einen weiten Blick über die Stadt, sie kann das Unigebäude sehen, das wie ein glänzender Zahn in den Himmel ragt, in der Ferne das kompakte Grau der Bahnhofsanlage. Sie nimmt einen Schluck aus der Weinflasche, zieht an ihrer Zigarette, bläst den Rauch in das wässrige Dämmerlicht. Hier findet sie Zuflucht. Sven begegnet ihr inzwischen mit einer ähnlichen Ergebenheit wie dem Meister. Er küsst ihr die Füße, wirft mit Komplimenten um sich; einmal ist er mit einer silbernen Armbanduhr angekommen, sie hat keine Ahnung, woher. Sie ist gereizt, nennt ihn einen Wurm, doch das scheint ihn nur anzufeuern.

Die beiden Männer sind in die Kneipe gegangen, ohne sie, wie so oft in letzter Zeit. Von der Straße dringt Geschrei zu ihr hoch, Wolken hängen schwer über den Dächern, Wind wirbelt Blätter und Dreck durch den Schwefeldunst, der von den Chemiewerken kommt, dann setzt Regen ein, es wird kalt von einer Sekunde zur nächsten. Sie hat keine Lust, die Wohnung des Meisters zu betreten, und noch weniger Lust, nach Hause zu gehen. Sie trinkt die Flasche zur Hälfte aus, geht die Treppen herunter und öffnet die Wohnungstür. Der überwältigende Geruch nach Scheiße ekelt sie jedes Mal aufs Neue an. Erst in der Küche kann sie wieder ausatmen, obwohl der Gestank sich auch dort eingenistet hat. Sie spürt Unruhe in sich aufsteigen, steht da, als würde sie einen Feind wittern. Von klein auf kennt sie diesen Zustand der Bedrohungserwartung. Und sie weiß nie, wie sie da rauskommen soll. Als müsste sie den Orkan aushalten, bis er vorübergezogen ist. Ihre Hand ist keine Hand, nur die Verlängerung des Arms, sie leert die Weinflasche mit schnellen Schlucken, trinkt gegen die Panik in ihren Gliedern an. Endlich beginnt das beruhigende Kreisen im Kopf, sie ist betrunken und legt sich auf die Matratze; hier schläft sie sonst mit Sven. Nachts geht er ins Nebenzimmer zum Meister, und obwohl es sie sonst kaltlässt, gesellt sich zu dem Kreisen in ihrem Kopf der Gedanke an Verrat. Verrat! Sie kann es nicht fassen, ihre Empörung wächst, sie steigert sich so sehr hinein, dass sie aufsteht und ein Messer aus der Küche holt: Sie wird sich zu wehren wissen.

Nach kurzem Schlaf erwacht sie fröstelnd, noch immer sind die beiden Männer nicht zurück, und das bestätigt ihr nur den Verrat. Starr vor Wut und Einsamkeit geht sie in die Küche, sucht nach anderen Waffen. Sie legt alle Messer, Scheren, Kuchengabeln, die sie finden konnte, neben sich, rollt sich auf der Matratze zusammen, lauscht dem Regen, der sich auf ein Nieseln einpendelt, wartet auf Schritte im Treppenhaus. Später wird sie von gleißendem Licht und lautem Gelächter geweckt, sie könnte schwören, das Gelächter schon im Traum gehört zu haben. Sven und der Meister stehen vor ihr, deuten auf Aprils Arsenal, in ihren Gesichtern betrunkene Fröhlichkeit.

Unsere kleine Mörderin, spottet der Meister, beugt sich zu ihr und nimmt die Schere.

Geh zum Teufel, sagt sie.

Wenn du ihn mir vorstellst, sagt er und sieht Sven an.

Sven lacht noch immer.

Der Meister wirbelt die Schere am Zeigefinger durch die Luft.

Was bildet ihr euch ein, sagt sie, lasst mich in Ruhe.

Warum solltet wir, sagt der Meister, schneidet sich eine Haarsträhne ab und hält sie ihr hin. Das wolltest du doch, sagt er, uns was abschneiden.

Sie dreht sich zur Seite, schließt die Augen, will nur noch schlafen.

Armes Ding, sagt der Meister, streicht ihr mit gespieltem Mitleid über den Arm.

Draußen fährt ein Krankenwagen vorbei. Sie versucht in den Sirenentönen zu versinken, doch sie kann nicht anders, sie muss die beiden belauschen. Sie reden über April, von einem Stück Fleisch, das ihr fehlt, von Eifersucht.

Sie fühlt sich elend am nächsten Morgen, ein Flattern in den Kniekehlen, doch sie versucht so zu tun, als wäre nichts passiert. Auch Sven gibt sich unbekümmert, während er in der Küche Kaffee kocht, flüstert er ihr Liebesworte zu, als hätte er seit der letzten Nacht nicht aufgehört damit. Er verausgabt sich völlig, doch dann kommt der Meister und Sven verstummt. Die beiden Männer wollen zum Frühschoppen. Natürlich ist das eine Männersache. Als der Meister sich verabschiedet, meint sie aus seiner Stimme Spott herauszuhören, und sie möchte Sven das Lachen am liebsten mit einem Schlag aus dem Gesicht wischen.

Nachdem die beiden gegangen sind, steht sie eine Weile regungslos da, ihre innere Stimme sagt, sie solle die Dinge auf sich beruhen lassen. April wird tatsächlich ruhiger, als sie mit schneller, leichter Hand die Tassen vom Tisch fegt. Überrascht stellt sie fest, wie sauber ihre Fingernägel sind, wie frisch manikürt. Sie öffnet die Schranktür, nimmt die alten Abrissgläser und wirft eins nach dem anderen auf den Boden. Der Meister sammelt diese Gläser und stellt sie immer mit einem gewissen Stolz auf den Tisch. Sie hat keine Ahnung, worauf er noch alles stolz ist. Auf einem Stuhl stehend, reißt April die blaue Porzellanlampe aus der Halterung, zieht den Samtvorhang von der Stange, dem Speiseservice folgen Zierteller und Vasen in die Scherbenschlacht. Sie versucht systematisch vorzugehen, doch das kleine Schlafzimmer bietet nur wenig Raum, und so beschränkt sie sich auf Küche und Wohnzimmer.

Erschöpft steht sie da und begutachtet ihr Werk,

nimmt noch eine Kaffeetüte, verstreut den Inhalt, wirft Salz durch die Luft, Muskatnüsse, Pfefferkörner. Aus einer Flasche, auf der ein Totenkopf abgebildet ist, spritzt sie eine übel riechende Flüssigkeit in die Zuckerdose. Ihre Wut hängt in der Luft, hat sich ausgebreitet wie Rauchschwaden, dann aber ist sie von einer Sekunde zur anderen wie weggeblasen. April kann nicht fassen, was sie gerade getan hat. Sie ist zu weit gegangen, eindeutig. Als sie die Wohnung verlassen will, gleitet sie über einer Muskatnuss aus, schlägt sich die Knie blutig, und ihr geht durch den Kopf, dass damit alles abgegolten wäre.

4

Fräulein Jungnickel klagt über Hitze. Ich schwitze so, Bubi, sagt sie zu ihrem Vogel, mit ihr spricht sie kein Wort. Bisher hat die Alte ihren Vogel nie beim Namen genannt. April wirft einen Blick in das Zimmer und sieht nur den leeren Käfig, erst da fällt ihr auf, dass in der Wohnung kein Gezwitscher mehr zu hören ist.

Sie hat ihren Urlaub genommen. Sie vermisst Sven nicht. Manchmal aber fragt sie sich, ob er und der Meister von dem vergifteten Zucker gekostet haben, ob beide gestorben sind, doch dann beruhigt sie sich: So etwas passiert nur im Kino.

April verdämmert ihren Urlaub Stunde um Stunde und fühlt sich trotzdem müde. Sie geht in das Freibad aus Kindertagen. Sie denkt an ihren Bruder Alex, mit dem sie über den Zaun geklettert ist. Während sie schwamm, bis sie blaue Lippen bekam, hockte Alex stundenlang unter einem Baum, immer mit seinem Schnorchel im Mund.

Mücke ist tot. An einer Blutkrankheit gestorben. Er liegt hinter Glas aufgebahrt. Sein Gesicht ähnelt einem gealterten Säugling, sie kann es nicht mit ihm in Verbindung bringen. Sie muss daran denken, dass er sich einen Kuss von ihr gewünscht hat. Und sie? Hat ihn mit einem leeren Versprechen abgespeist: Später, wenn wir groß sind, Mücke, dann küss ich dich. Elende Lügnerin! April will trauern und spürt doch nur ihre Einsamkeit. Nach der Beerdigung geht sie mit den Freunden in eine Kneipe, sie trinken Bier, Schnaps und Wein, singen Mückes Lieblingslieder, Schwarze Paul küsst ihr heulend den Bierschaum vom Mund. Danach kommt April der Abschied von ihren Freunden endgültig vor, als sei eine Etappe ihres Lebens vorbei.

Spätabends irrt sie durch die Straßen der Innenstadt und betritt zum ersten Mal eine Bar. Das Licht hat die Farbe von Wasser, April setzt sich auf einen Hocker und nimmt die Haltung ein, die ihr passend erscheint. Sie versucht, sich beim Barmann Gehör zu verschaffen. Eine Wodka-Cola, sagt sie laut, und als er sie fragend ansieht, wiederholt sie: Eine Wodka-Cola.

Bist du überhaupt volljährig, fragt er, und während sie ihren Ausweis auf die Theke legt, geht ihr ein Flattern durch den Bauch, als wäre sie beim Klauen erwischt worden. Doch der Barmann schiebt ihr einfach das Glas hin. April zündet sich an ihrem brennenden Stummel die nächste Zigarette an und wartet auf die entspannende Wirkung des Alkohols. Sie blinzelt, sieht Farbfetzen durch die Luft taumeln, fühlt sich so leicht, als wären ihre Knochen hohl. Sie bestellt noch ein Glas.

Als ein Mann ihr zuprostet, geht sie zu ihm und erzählt, ohne sich vorzustellen, von Mückes Beerdigung; sie redet, als müsste sie einen Satz zu Ende bringen, den sie vor Ewigkeiten begonnen hat. Der Mann bezahlt ihre Getränke, doch als er sie auf der Straße küssen will, macht sie sich los und rennt davon.

Tage später begegnet ihr Mücke in ständig wechselnder Verkleidung. Er kontrolliert ihren Fahrschein in der Straßenbahn, sitzt im Kaufhaus an der Kasse, stößt betrunken mit ihr im Hausflur zusammen, nennt sie eine blöde Kuh, kommt ihr mit Tirolerhut auf der Straße entgegen. Mücke frohlockt über ihre Missgeschicke, legt ihr als Abteilungsleiter die Hand auf die Brust, alles Dinge, die sich nur ein Toter erlauben darf. Er fragt, warum sie mit dem Arsch einreißt, was sie mühsam aufgebaut hat, und als sie ihm die Antwort verweigert, sagt er: Na ja, solltest mal darüber nachdenken. Dann verlässt er sie auf Nimmerwiedersehen – was sonst ihre Art ist, mit Freunden umzugehen.

Seit Tagen bringt sie kaum ein Wort heraus, spürt ihr Herz so laut und heftig klopfen, als würde es in einem leeren Zimmer liegen. Im Büro diskutieren ihre Kollegen, ob sie eine Ausbildung zum Industriekaufmann beginnen soll; sie würde endlich einen Abschluss machen, das wäre für sie eindeutig das Beste. April beteiligt sich kaum an der Diskussion, sie fühlt sich nicht angesprochen, ja, sagt sie höflich, das wäre schön, ein richtiger Beruf. Und sehr solide, fügt Herr Blümel hinzu, leicht verärgert über ihren Mangel an Ehrgeiz.

Das Ausfüllen der Lieferscheine langweilt sie so sehr, dass sie sich Spielchen ausdenkt. Sie teilt die Kabel nicht Militär und Regierung, sondern kleineren Betrieben zu. Der Regelverstoß fällt niemandem auf, erst als ein Bauleiter sich bei ihr bedankt und Geld für die Kaffeekasse spendiert, gibt die Büroleiterin April zu verstehen, dass ihre kleinen Eigenmächtigkeiten auch als Sabotageakte aufgefasst werden könnten.

Es wundert sie, dass andere sich ihretwegen den Kopf zerbrechen. Sie hat keine Vorstellung, wie sie gesehen wird, manchmal fühlen sich ihre Füße doppelt so groß an wie der restliche Körper. Die spitzen Bemerkungen der Bürokolleginnen überhört sie einfach. Wenn die Tischnachbarin von Herrn Blümel April einen spöttischen Blick zuwirft und bemerkt, Männer wollen sich bei einer Frau doch keinen Splitter einziehen, macht ihr das nichts aus. Männer. Frauen. Zwei Fühler einer Schnecke. Die Fotze einer Frau. Sie mag das Wort Fotze nicht, doch ihr fällt kein passendes ein. Und wenn sie das Ding zwischen ihren Beinen nicht einmal richtig benennen kann, muss es ihr doch zwangsläufig fremd bleiben.

Die Frauen im Büro nennt sie Juchteln. Herr Blümel ist ebenfalls eine Juchtel, als einziger Mann unter Frauen kann er nichts anderes sein, und auch ihm ordnet sie die Eigenschaften einer Frau zu: Verschlagenheit, Zorn und Schwäche. Was ist von ihrer Dankbarkeit geblieben? Und sie: Ist sie etwa keine Frau? Immerhin hat sie einen Namen für sich gefunden. Sie hat das Gefühl, noch in der Kindheit verhaftet zu sein, ein Mädchen, das versucht, sich wie eine Frau zu verhalten, ohne die unsichtbare Grenze dazwischen zu überwinden.

Sie kann sich auf nichts mehr konzentrieren. Eine dunkle Übellaunigkeit hat sich in ihrem Körper eingenistet. Sie geht nicht mehr ins Büro, bleibt auf dem Sofa liegen, in ein schweißnasses Laken gehüllt. Sie hört Fräulein Jungnickels Selbstgespräche, ihre schlurfenden Schritte im Flur, Türen, die auf- und zugehen. Sie wartet auf den Dienstag. Dienstags bleibt das Fräulein bis spätabends in der Fabrik, Toilettendienst. April plant, sich an diesem Tag umzubringen. Sie ist nicht besonders aufgeregt oder traurig bei dem Gedanken, sie hat es einfach nur satt zu atmen.

Als Dienstagfrüh endlich die Wohnungstür hinter der Alten ins Schloss fällt, trägt April Matratze und Schallplattenspieler in die Küche. Sie wäscht sich gründlich, verspritzt nachlässig Wasser und streift sich einen Kimono über. Sie dreht das Gas auf, spielt Janis Joplin ab, bei voller Lautstärke. Sie legt den Kopf auf die geöffnete Ofenklappe. Den Kimono hat ihr Schwarze Paul zu ihrem Siebzehnten geschenkt, schon seine Großmutter hatte ihn getragen, der silbergraue Stoff ist mit bunten Vögeln bestickt, die Ärmel sind weit geschnitten, das Futter fühlt sich kalt auf der Haut an. Er sieht aus wie der Mantel eines Zauberers. April schafft es, noch einmal aufzustehen und die Platte umzudrehen.

Von weit oben wehen winzige weiße Spitzendeckchen auf sie herab. Oder sind es Vögel? Kleine Wollspatzen? Federn? Es gibt keine Wollspatzen, denkt April, obwohl ihr das Denken schwerfällt. Sie liegt auf dem Rücken, kann die Stimmen um sich herum nicht einordnen. Sie blinzelt, versucht die Augen offen zu halten, wie ihr die Stimmen befehlen, und als es ihr endlich gelingt, sieht sie weiß gekleidete Menschen und begreift sofort, dass sie sich in einem Krankenhaus befindet. Sie nickt auf eine Frage, die sie nicht versteht.

Es hätte auch anders kommen können, sagt der Mann im weißen Kittel, es war knapp. Wenn Ihre Vermieterin nicht aufgekreuzt wäre, dann würden wir uns jetzt nicht unterhalten.

April holt tief Luft. Sie lebt, so musste es wohl ausgehen, obwohl sie durchaus sterben wollte. Doch wenn sterben genauso anstrengend wie leben ist, kann sie durchaus noch eine Weile leben. Sie ist davongekommen, dieses Gefühl steckt ihr tief in den Knochen, löst einen Anfall von Übermut aus: Sie könnte glatt Schafe hüten oder auf einem Schiff anheuern. Was für Möglichkeiten! Warum ist sie nicht früher darauf gekommen?

Doch der Überschwang hält nicht lange an, schon die Vorstellung, in Fräulein Jungnickel künftig ihre Lebensretterin sehen zu müssen, trübt ihre Stimmung. Die Müdigkeit holt sie ein, und das Glück verdampft wie eine Pfütze bei großer Hitze.

Ein Arzt sitzt an ihrem Bettrand, sie weigert sich, ihn anzusehen, er redet über ihre Gefühle. Sie soll ihm ihre Traurigkeit beschreiben, ihre Wut. Ihre Wut ist aus Eisen, doch sie sagt nichts. Der Arzt ist ein Psychiater. Ein Psychiater! Sie ist doch nicht verrückt.

Der Psychiater lässt sich nicht abwimmeln. Als er ihr vorschlägt, für ein paar Wochen in eine Klinik zu gehen, stimmt sie zu – allerdings erst, nachdem er ihr versichert, sie müsse nicht in die Geschlossene, könne in die offene Abteilung und abends nach Hause gehen.

Als sie an ihrer Wohnungstür klingelt, wird nur das kleine Fenster geöffnet und Fräulein Jungnickel mustert sie voller Abscheu. Der Schlüssel befindet sich beim Hausmeister, knurrt die Alte und schließt das Fenster mit einem lauten Knall.

Der Hausmeister würde am liebsten vor ihr ausspucken. Dich kriegen wir auch noch, sagt er, und sie fragt sich, wem dieses »auch« gilt. Wen haben sie schon gekriegt?

Fräulein Jungnickels Groll ist unerbittlich, bis spät in die Nacht muss April sich als Mörderin beschimpfen lassen, als Ungeheuer, das versucht hat, ein ganzes Wohnhaus in die Luft zu sprengen. Und dann erst der ganze Dest!

5

Sie irrt über das Klinikgelände, das ihr wie ein eigener Stadtteil vorkommt, rote Backsteinbauten bilden Gassen, dazwischen Kieswege, Blumenrabatten, Platanen, ein kleiner Garten. Völlig durchgeschwitzt erreicht sie die Station. Eine Pflegerin sagt ihr, sie solle im Korridor warten. Sie zwingt sich, ruhig zu bleiben, am liebsten würde sie einfach wieder gehen. Neonlicht flimmert von der Decke, hinter zahlreichen Türen aus Milchglas sieht sie schemenhafte Gestalten, Stimmen dringen gedämpft zu ihr.

Sie ist schon kurz davor abzuhauen, als ein Arzt sie in sein Sprechzimmer bittet. Betont gleichmütig erklärt sie ihm, sie wisse nicht recht, was sie hier solle. Sie sei nicht verrückt, sie könne alles erklären. Doch der Arzt – wieder ein Psychiater – will keine Erklärung. Sie soll sich entkleiden und zur Untersuchung auf die Pritsche legen. Es ist ihr peinlich, sich auszuziehen, trotz hochsommerlicher Temperaturen trägt sie eine dicke

Trainingshose unter ihrer Levi's. So versucht sie, ihre Magerkeit zu verbergen. Als Tier wäre sie eine dieser zähen, sprungbereiten Katzen, doch sie sieht ihren Körper, als wäre er ihr zugestoßen, ein notwendiges Übel. Sie versucht sich ihrer Trainingshose zusammen mit der Levi's zu entledigen, aber der Arzt scheint ihre Not nicht zu bemerken. Er klopft und horcht sie ab, mit ihrem Körper sei alles in Ordnung, sagt er, da müsse man sich keine Sorgen machen. April versteht gleich, welchem Teil von ihr die Sorge gilt, aber ihr ist nicht klar, worauf der Arzt hinauswill. Sie hat bei Dostojewski über Klapsmühlen gelesen, doch das waren russische Verhältnisse, und natürlich hofft sie, dass eine Behandlung hier anders abläuft. Der Arzt will in ihrem Fall auf Tabletten verzichten und stattdessen dreimal wöchentlich ein Gespräch mit ihr führen. Außerdem muss sie sich den Therapiegruppen anschließen. Der Arzt wird sie die nächsten Monate begleiten, so nennt er es; er ist zwischen dreißig und vierzig, vielleicht auch älter, sie kann es schwer einschätzen. Sie fragt sich, ob auch ein Psychiater der Schweigepflicht unterliegt. Es beunruhigt sie, dass sich jemand für ihre Gedanken oder Gefühle interessiert. Warum soll sie sich daran erinnern, was ihr in ihrer Kindheit wichtig war? Ja, sie mochte Tiere, mag sie noch immer, doch was sagt das schon aus? Sie fühlt sich dem Arzt überlegen, versucht sogar, die eine oder andere Frage ins Lächerliche zu ziehen. Trotzdem kommen ihr die Tränen, wenn sie daran denkt, wie sie tage- und nächtelang eingesperrt im Keller *Brehms Tierleben* gelesen hat, sämtliche Bände. Und nur der Glaube, dass, wenn sie erst erwachsen wäre, alles anders sei, hat sie durchhalten lassen. Sie erzählt dem Arzt nichts von ihrem Trick, der darin besteht, ihr Gegenüber in Gedanken zu sezieren, mit einem schnellen, sauberen Schnitt den Körper in zwei Hälften zu teilen, die Organe freizulegen, das Herz herauszuschneiden, die Lunge. Ihr Gegenüber ist längst tot, von ihr in Stücke zerlegt, ohne es zu wissen. Diese Vorstellung bewahrt sie davor, losheulen zu müssen.

Mittags bringt eine Pflegerin sie in den großen, vollen Speisesaal zu ihrem Platz. April sitzt gleich neben der offenen Schiebetür, links neben ihr kippelt eine Frau mit blassem Gesicht auf ihrem Stuhl, daneben kaut ein Glatzkopf an seinem Schnurrbart, am Tischende führt eine junger Mann Selbstgespräche. April fällt ein, dass sie das auch manchmal tut, sie stellt sich Fragen wie eine Radioreporterin: Was halten Sie von unserer Regierung? Können Sie uns verraten, ob der Alte endlich gestürzt wird? Der Alte? Wie reden Sie von unserem Staatsoberhaupt! Ob der Sommer heiß wird? Oh ja, durchaus, und es wird Regen geben, meine Damen und Herren, so viel Regen, wir werden alle den Bach runtergehen, das leuchtet Ihnen doch ein, oder? Manchmal sagt sie auch: Gestatten, darf ich Ihnen eine junge Frau vorstellen? Nach dieser Ankündigung jedoch weiß sie nicht weiter.

Als ein Gong ertönt, steht sie auf und reiht sich in die Schlange vor der Essensausgabe ein. Sie isst mit großem Appetit, obwohl der Glatzkopf mit dem Schnurrbart angewiderte Laute von sich gibt. Danach ist sie sich selbst überlassen. Sie läuft durch die langen Korridore, bleibt vor der rot gerahmten Hausordnung stehen, die sie an das Kinderheim erinnert, es kam ihr schon damals komisch vor, dass eine Hausordnung das Leben regeln soll. Dann betritt sie eines der Zimmer. Gleißendes Mittagslicht, links und rechts stehen, jeweils durch ein Nachtschränkchen getrennt, weiße Metallbetten an den Wänden. Es riecht nach brackigem Wasser. Plötzlich hört sie ein leises Klirren, gefolgt von einem lang anhaltenden Seufzer. In einem Bett am Fenster sitzt eine weißhaarige Frau, von Kissen gestützt, mit geschlossenen Augen flüstert sie vor sich hin. Ihr Gesicht ähnelt dem einer Schauspielerin aus alten Schwarz-Weiß-Filmen. Auf ihrem Nachttisch steht eine fein gearbeitete Miniaturpagode, deren Glocken bei jedem Luftzug leise klirren.

Frühmorgens sitzt April in der Straßenbahn, ihr ist zumute, als würde sie zur Arbeit fahren, dabei fährt sie in die Klapse, so nennt sie die Klinik, ich fahre in die Klapse, sagt sie sich, ein Besuch, mehr nicht. Sie hat keinem erzählt, wo sie nun ihre Zeit verbringt, wem hätte sie es auch sagen sollen? Der alten Jungnickel? Nur der Hauptabteilungsleiter im Büro weiß Bescheid.

Der Besuch beginnt um acht Uhr zum Frühstück und endet am frühen Abend, dazwischen liegen Stunden, in denen sie in den Therapiegruppen sitzt, sich anhört, was andere zu sagen haben, oder durchs Klinikgelände streift oder ihre Station erkundet.

Die Gespräche mit ihrem Arzt bewirken ihrem Gefühl nach rein gar nichts, das sagt sie ihm auch, und als er sie lächelnd nach ihren Wünschen und Vorstellungen fragt, weiß sie keine Antwort. Sie kann ihm unmöglich erzählen, dass sie sich wünscht, dick zu sein, dass sie sich wünscht, gefüttert zu werden, bis sie platzt. Einerseits möchte sie seine ungeteilte Aufmerksamkeit, andererseits gibt sie nichts von sich preis. Er soll von allein darauf kommen, was mit ihr los ist. Ihr Arzt lächelt unentwegt, so störrisch sie auch schweigt, und als er während einer Sitzung einmal auf die Uhr schaut, steht sie auf und verlässt türknallend den Raum.

Die Station besteht aus großen Schlafsälen mit je zwölf Betten, Frauen und Männer sind durch einen Flur und eine doppelt gesicherte Tür voneinander getrennt. Der Speiseraum wird auch für die Gruppentherapien genutzt, aus einem Untersuchungszimmer hört sie manchmal Schreie. Einige Patienten, die sich zitternd an ihre Zigaretten klammern, offenbar ihre letzte Verbindung zur Welt, erinnern April an Gespenster.

Ab und an setzt sie sich zu der weißhaarigen Frau auf das Bett und liest ihr aus dem »Sommernachtstraum« vor. Andere alte Frauen setzen sich dazu, reden dazwischen, stellen Fragen.

Das sind nur orientierungslose Langzeitpatienten, erklärt ihr eine junge, hübsche Pflegerin, als stünden diese Frauen in der Hierarchie ganz unten. April fragt sich, warum die Pflegerin hier arbeitet, wenn sie so abfällig über die Kranken redet.

April kann die alten Frauen zu einem Spaziergang überreden. Sie folgen ihr über das Klinikgelände, setzen vorsichtig einen Fuß vor den anderen, als würde ein falscher Schritt sie in die Irre führen. Es ist einer der ersten Herbsttage, an dem das Licht sein verführerisches Spiel mit den Farben treibt. April scherzt mit den Frauen, als wären sie Kinder, zeigt ihnen Tiere am Himmel, einen Schneehasen, eine Giraffe, sie möchte, dass ein Lebensfunke auf sie überspringt. Vor einem Obstgarten fordert sie die Frauen auf, Schmiere zu stehen, und klettert über den Zaun. Ihr müsst mich warnen, wenn wer kommt, ruft sie ihnen zu, und allmählich tauen die Frauen auf, nehmen die gestohlenen Äpfel mit Verschwörerblick entgegen.

Warum bist du hier, fragt eine hagere Frau.

Gute Frage, sagt April und zuckt mit den Achseln.

Die Hagere lässt nicht locker: Wo sind deine Eltern?

Ich bin meine eigene Mutter und mein eigener Vater, sagt sie und hört selbst den Trotz in ihrer Stimme.

Jetzt wird April von allen Frauen umringt. Die Hagere streicht ihr übers Haar. Ach Kindchen, sagt sie, fühlst du dich denn nicht allein?

Ihr kommen die Tränen, und sie hat keine Lust, ihr Gegenüber zu zerlegen, also heult sie los.

Weinen ist gut, sagt eine Frau, deren Haare nach Perücke aussehen.

Wenn du nicht weinen willst, musst du an was Böses denken, dann hört es auf, sagt die Hagere.

April muss lächeln und fragt sich, wie viele Menschen sonst noch die gleichen Tricks anwenden.

Du hast schöne blaue Augen, sagt die Perückenfrau, ich hatte mal einen Kater mit solchen Augen.

Und ihr, warum seid ihr hier, fragt April.

Die Hagere erzählt, dass in ihrem Rücken ein Krebsgeschwür wächst. Wir wurden zum Sterben hierher abgeschoben, sagt sie, weil es sonst keinen Platz für uns gibt. Doch wir sind zäh, sagt eine andere, und ihr Lachen ähnelt einem Schluckauf.

In den nächsten Tagen und Wochen unternimmt April weitere Ausflüge mit den alten Frauen, die manchmal schon morgens vor der Tür auf sie warten. Sie mag ihre Gesichter, besonders das der weißhaarigen Frau, die das Bett nicht verlassen darf. Stundenlang liest sie ihr vor oder lauscht ihrem Gesang, dunkel und vibrierend. April kann von den Liedern über Liebe und Tod nicht genug bekommen, und in den Pausen erzählt ihr die Frau von längst vergangenen Triumphen auf der Bühne; die Pagode auf ihrem Nachtschränkchen ist das Geschenk eines berühmten Dirigenten.

Wenn ich die Augen schließe, sagt sie, höre ich noch immer den Beifall, du musst wissen, ich hatte einen schönen, starken Körper. Hier fühl mal, sagt sie, nimmt Aprils Hand, führt sie an ihre Kehle, das war früher ein perfekter Resonanzraum, und jetzt wuchert darin die reine Hässlichkeit.

Die alte Sängerin erzählt ihr, dass sie Kehlkopfkrebs und im besten Fall noch ein halbes Jahr vor sich hat. Kannst du dir vorstellen, fragt sie, dass ich einmal jung war und die hübschesten Füße hatte?

Ja, das kann April sich durchaus vorstellen.

Wenn sie abends ihr Zimmer betritt, möchte sie am liebsten wieder umkehren. Die Einsamkeit nimmt den ganzen Raum ein, wie eine zweite Person, die April den Sauerstoff wegatmet.

Schlaflos streunt sie durch die Innenstadt, geht in Bars, in Kneipen, schlägt sich durch lärmendes Gelächter und erscheint früh mit schwerem Kopf in der Klinik. Sie verschweigt ihrem Arzt die nächtlichen Ausflüge. Es reizt sie, ihm mit wirren Argumenten zu widersprechen, als wolle sie ihrer Rolle als Patientin in einer Klapsmühle gerecht werden. Noch nie hat sie so viel Aufmerksamkeit erfahren, und doch begegnet sie dem Arzt mit Abwehr und Misstrauen. Sie fragt sich, ob sein Interesse ihr gilt oder der Arbeit.

Erich Honecker schaut im taubenblauen Anzug ungerührt von den Klinikwänden. Als Patient würde er wahrscheinlich gar nicht auffallen. Den Kranken ist ihre Krankheit kaum anzusehen – es gibt den Stotterer, der nur auf Zehenspitzen läuft, einige Frauen haben wegen der Tabletten Schnurrbärte bekommen, aber bei keinem springt einem die Verrücktheit ins Gesicht. April fühlt sich hier auf eine seltsame Weise wohl, das Essen schmeckt ihr, sie empfindet eine gewisse Zuneigung für die anderen Patienten, beinahe wie für Wesensverwandte.

In der Töpfergruppe fällt ihr ein junger Mann auf, unter dessen großen Händen wundersame, filigrane Figuren entstehen. Er bearbeitet das Material hoch konzentriert, doch sobald die Therapiestunde beendet ist, wirft er sein Kunstwerk an die Wand. April kommt mit ihm ins Gespräch. Nichts ist so, wie es scheint, sagt er aufgeregt und beginnt fachmännisch von seiner Krankheit zu reden. Er sei hin und her geworfen zwischen Manie und Depression, im Moment befinde er sich in einer manischen Phase. Der junge Mann heißt David und hatte ein Semester Malerei studiert, bevor es anfing: Die Farbe Rot kam wie ein Gewitter über ihn. Das Rot schluckte alle anderen Farben, und natürlich war das ein Zeichen des Aufbruchs, aber sein Professor wollte das nicht einsehen.

Seitdem ist Rot sein dominierender Zustand, obwohl die Farbe gerade etwas schwächelt, und doch wird er ihr nie mehr entkommen können. Auch April stellt sich Gefühle und Dinge in Farben vor: Freude ist für sie orange, Ekel braunviolett, Andalusien eindeutig erdfarben. Der Name David könnte durchaus etwas Rötliches an sich haben.

David muss in der Klinik übernachten. Doch es scheint den anderen egal zu sein, wenn sie gemeinsam tagsüber die Therapiestunden schwänzen. Sie ziehen durch die Stadt, er zeigt ihr seinen Lieblingsfriedhof, sie suchen auf den Grabsteinen nach ausgefallenen Namen, erfinden ein Leben dazu, überbieten sich gegenseitig mit faszinierenden Details. Bei einem Streifzug zeigt sie David ihre alte Schule, das Mietshaus, in dem sie die frühen Kinderjahre verbracht hat, dann führt sie ihm ihre Mutter vor. Im Eingangsbereich der »Mitropa« stehen sie hinter einem schweren Vorhang, April deutet auf eine der Kellnerinnen: Das ist sie. Sie versucht, ihre Mutter mit seinen Augen zu sehen, ein breiter, runder Rücken, Arme und Hände, die schwer beladene Tabletts durch die Gegend wuchten, eine sich müde arbeitende Frau mit schiefem Lächeln. Es strengt sie an, ihre Mutter zu betrachten. April sieht Hände, die kräftig zuschlagen können, sie sieht ein freudloses Gesicht und darüber wie festgezurrt die blonde Perücke. Kurz befürchtet sie, ihre Mutter könnte gleich vor ihren Augen explodieren, in lauter scharfkantige Splitter zerspringen.

Du siehst ganz anders aus, sagt David.

Sie haben sich ein kleines Ritual ausgedacht: Während sie in Aprils Zimmer frühstücken, reden sie sich in der dritten Person an. Danke und bitte, Eure Majestät, sagen sie und reichen sich den Salzstreuer. David könnte sogar als König durchgehen, groß und kräftig hockt er im Schneidersitz auf dem Boden, sein lockiges Haar wird von einem Stirnband gehalten, statt eines Zobels schmückt ihn eine Kette aus Biberzähnen. Sie hören »Summertime« und immer wieder »Lay Lady Lay« von Bob Dylan; die LP hat David mitgebracht. Sie trinken schon vormittags Wein, beobachten die Spatzen vor dem Fenster, diskutieren über Religion, suchen ihre eigene Weltformel.

Einmal, als er gerade versucht, ihr die Schönheit einer Büroklammer zu erklären, hält David kurz inne und sagt: Ich werde bald sterben.

Was heißt bald, fragt sie, verärgert über das Quäntchen Pathos, das sie in seiner Stimme zu hören glaubt.

Er hat vor, nach Berlin zu fahren und mit einer Leiter zur Mauer zu gehen und sich dort erschießen zu lassen.

Das ist sein Todesplan, und ja, er könnte funktionieren. Es gibt für solche Fälle einen Schießbefehl, davon hat auch sie gehört.

Die Frage nach dem Warum stellt April ziemlich spät.

Keine Ahnung, sagt er, nur so ein blödes Gefühl und die Vorahnung von viel zu viel Rot.

Und das blöde Gefühl?

David überlegt. Ich will keine Achten mehr fahren, keine Wiederholungen, verstehst du? Ich sehe mich immerzu die Treppen hinabstürzen und nie unten ankommen. Kennst du das nicht?

Du hast dein Hemd falsch zugeknöpft, sagt sie, als wäre das eine Antwort.

Er nickt. Aber heute noch nicht.

Sie erzählt ihm von den alten Frauen in der Klinik, warum eigentlich? Sie kann sich nicht vorstellen, dass er sich umbringt.

Doch bald schon sprechen sie darüber wie über das Vorhaben eines Dritten. Es könnte schwierig werden, sagt sie, mit der Leiter in Richtung Mauer zu gehen, schon das wird verdächtig wirken.

April glaubt nach wie vor nicht an die Ausführung, obwohl David ungewöhnlich nervös wirkt, die Farbe Rot besetzt seine Stunden, Minuten, Sekunden. Erst redet er auf sie ein, gestikuliert wild, dann will er nur noch seine Ruhe haben. Lass mich, sagt er und starrt die Wand an.

Wie kann ich dir helfen, fragt sie.

Ich weiß es nicht, sagt er, ehrlich, ich weiß es nicht.

Als es zu regnen beginnt, verabschiedet er sich, siehst

du, sagt er und deutet auf die Regentropfen, alles rot, der liebe Gott hat sich beim Zwiebelschneiden in die Hand geritzt, rot, alles rot.

Am nächsten Tag ist David nicht da. Sie sucht ihn überall, rasend vor Wut, und diese Wut ist eine Wand, sie hält April davon ab, zu begreifen, dass es wirklich geschehen sein könnte. Sie sieht David erst eine Woche später, er liegt auf der Geschlossenen; Paula, die hübsche junge Pflegerin, hat es ihr gesagt. David erkennt sie nicht, sein Blick ist vollkommen leer. Er sabbert, sein Atem riecht gallebitter, er ist ihr ganz und gar fremd. Sie fühlt sich betrogen, sie wünscht sich, er wäre tot.

Damit ist auch das erledigt, sagt Paula, die sie auf die Geschlossene begleitet hat.

Was ist passiert, fragt April.

Sie haben ihn geschockt und mit Tabletten ruhiggestellt, was hast du denn erwartet?

Sie weiß nicht, was sie erwartet hat; Erwartungen versetzen sie in einen zwiespältigen Zustand, den sie eher zu vermeiden sucht.

Sie kann sich nicht vorstellen, wie ein Elektroschock wirkt. Nun sieht sie die Patienten mit anderen Augen, sieht sie vor sich hin brabbeln, Löcher in die Luft starren, obwohl sie doch im Grunde nur nach Hause wollen, ein normales Leben führen. April hat nichts gegen den schalen Klinikgeruch, sie möchte hierbleiben, solange es geht.

Sie will nicht mehr im Büro arbeiten, will nie wieder graue Büroluft atmen, doch ihr Arzt gibt ihr zu verstehen, dass die Zeit hier begrenzt ist; sie mache einen stabilen Eindruck, sagt er, das hört sich an, als wäre sie ein Stück Eisen, rostfrei und unzerbrechlich.

Als er ihr vorschlägt, die Töpfergruppe zu leiten, versuchsweise, bis die Stelle wieder besetzt ist, glaubt sie, sich verhört zu haben, doch nein, er meint es ernst. In den ersten kalten Tagen gibt sie Materialien und Werkzeug aus, erklärt den Patienten, dass sie eine Art Vertretung für die erkrankte Therapeutin sei.

Eine Vertretung? Ein Alter mit teigiger Gesichtsfarbe erwacht aus seiner Lethargie. Was ist eine Art, will er wissen.

Sie zuckt mit den Achseln, reicht ihm das mit seinem Namen gekennzeichnete Tablett, auf dem sich ein akribisch zusammengesetztes Tongefäß befindet, aus dem kleine Finger wachsen; beim genaueren Betrachten glaubt sie zu erkennen, dass die Finger allesamt Daumen sind.

Schön, sagt sie, eine Daumenhand.

Sie können sprechen, erklärt er ihr, seine Daumen beherrschen vier Sprachen, Russisch, Bulgarisch, Polnisch und Amerikanisch.

Amerikanisch, wiederholt sie lächelnd.

Das habe ich mir nicht ausgedacht, ruft er laut, das ist einfach so, und du hast hier nichts zu sagen. Seine Zungenspitze bohrt sich tief in die Wange.

Es wird unruhig, die anderen Patienten spüren einen Riss.

April tut, als habe sie alles im Griff.

Wo ist Ihr weißer Kittel, ruft der Alte aufgeregt und

schaut Beifall heischend in die Runde. Sie sind keine Therapeutin, höchstens eine Verrückte.

Plötzlich reden alle durcheinander, schleudern April Beleidigungen entgegen, werfen ihr Tonscherben an den Kopf; sie verschwindet, so schnell sie kann.

Der Tumult kommt für sie nicht überraschend, welches Recht hatte sie, das Lager zu wechseln, oder, wie Paula ihr später erklärt, die Hierarchien zu verletzen, was niemals hätte passieren dürfen. Welche Überforderung, sagt sie, nun denkt doch jeder, auch er müsse fähig sein, den Therapeuten zu geben. Paula trägt ihr rotes Eichhörnchenhaar zu einem lässigen Knoten gebunden, mit der blassen Haut und den grünen Augen ähnelt sie einem Frauenbildnis von Edvard Munch. April fühlt sich von ihr angezogen und gleichzeitig befremdet.

Menschen ab sechzig sollten freiwillig abtreten, sagt Paula.

Und wie willst du sie dazu bringen, fragt April, das halbe Politbüro verwest, und du wirst auch mal alt. Doch keines ihrer Argumente bringt Paulas Ansicht ins Wanken.

Weggesperrt gehören die Alten, sagt sie, oder getötet.

Sie kann nicht glauben, dass Paula es ernst meint.

Wenn ich alt bin, sterbe ich freiwillig, sagt die Pflegerin in einem Ton, der keinen Widerspruch duldet, mache Platz für die Jungen.

Ein Menschenleben ist unantastbar, gibt April zu bedenken, doch das klingt selbst in ihren Ohren wie eine Phrase. Paulas Ansichten findet sie geradezu irre und hat trotzdem Bewunderung dafür.

Das ändert sich, als April an einem Abend den Waschraum betritt und die weißhaarige Frau in der Badewanne sitzen sieht, durchsichtig vor Kälte. Sie sitze schon seit Stunden im kalten Wasser, erklärt die Frau, sie komme nicht mehr hoch, und die Schwester habe sie einfach vergessen.

Paula versucht nicht einmal, sich zu rechtfertigen. Was hast du denn, sagt sie, die Alte stirbt doch sowieso, sie hat höchstens noch zwei, drei Wochen.

April knallt ihr eine, sie kann nicht anders. Paula hält sich zuerst ungläubig die Wange und stößt ein kehliges Lachen aus, doch dann beginnt sie zu heulen, steht da und heult hemmungslos, und nach einer Weile packt April die heulende Paula und nimmt sie unbeholfen in die Arme.

6

Die Nächte sind länger und kühler geworden. In der Klinik wird für Weihnachten gebastelt, es gibt Tee mit Zimtgeschmack und Plätzchen. Tagelang Schneeregen, ihr kommt es wie Wochen vor, alles verschwimmt.

Die Weihnachtsabende verbringt sie lesend in ihrem Zimmer. In Decken gehüllt sitzt April auf dem Sofa, und während der Wind große Flocken gegen das Fenster wirft, begleitet sie den Grafen von Monte Christo, ihren Helden aus Kindertagen, zum wiederholten Mal auf seinen Abenteuern. Fräulein Jungnickel hat einen neuen Vogel, der unermüdlich heisere Töne von sich gibt. Doch April nimmt kaum etwas wahr, sie erkundet Abenteuerwelten, ihr Reiseproviant besteht aus Rosinen und Leberwurstbroten.

Erst in der Silvesternacht verlässt sie die Wohnung. Sie weiß nicht wohin, wandert im Dunkeln kreuz und quer durch die Stadt. Als der Schnee in Regen übergeht, läuft sie von einem Hauseingang zum nächsten und bleibt vor einem großen, hell erleuchteten Fenster stehen. April sieht Männer und Frauen mit Papierhütchen, Girlanden an den Wänden, Luftballons um einen Kronleuchter, und mittendrin entdeckt sie Paula, weniger streng ohne den weißen Kittel. Von ihrem heiteren Anblick ermutigt, betritt sie den Raum. Sie bleibt an der Tür stehen, die Arme vor der Brust verschränkt, und will von Paula bemerkt werden. Schließlich geht April auf sie zu. Was für eine Überraschung, ruft Paula, mehr nicht. April sagt auch nichts, und obwohl sie sich unbehaglich fühlt, bleibt sie einfach stehen. Verhalten bietet ihr Paula einen Stuhl an und stellt sie ihren Freunden vor. Es sind Schauspieler, die ein Silvesterprogramm vorbereitet haben, und erst jetzt erkennt sie die kleine Bühne im hinteren Teil des Raumes. Sie bemüht sich, so zu tun, als sei das hier ihr gewohntes Umfeld. Eine kleine, dicke Frau, in ein gestreiftes Kleid gezwängt, erhebt sich aus der Runde und geht zur Bühne. Sie ähnelt einer Hummel, denkt April, gelten Hummeln nicht als die friedlichsten Wehrstachelträger? Die Hummelfrau trägt Schillers »Glocke« auf Sächsisch vor. April schließt sich dem Beifall an, die Schauspielerin fährt mit einem Gedicht von Ringelnatz fort, und ihr fällt wieder ein, was sie in *Brehms Tierleben* gelesen hat: Außer den gewöhnlichen Erdhummeln gibt es noch Feuerhummeln und Ackerhummeln, Stein- und Schmarotzerhummeln. Aus den Augenwinkeln nimmt sie Paula wahr, die sie beobachtet, am liebsten möchte sie ihr zurufen: Hummeln sind gesellig, doch sie lehnt sich nur zurück, lacht laut auf, klatscht genauso eifrig wie die anderen – auch sie kann lustig sein. Die Schauspielerin verschränkt die Hände hinter dem Rücken und zeigt singend ihre winzigen Zähne und eine Menge rosiges Zahnfleisch.

Als April am nächsten Morgen aufwacht, weiß sie nicht, wo sie ist. Ihr Schädel schmerzt, sie liegt auf einem Sofa, kommt langsam hoch und blinzelt in ein pulsierendes Licht aus Sonnensplittern. Nach und nach erkennt sie Möbel, Bücherregale, schwarz gerahmte Fotografien und Graphiken. Bis auf die Schuhe ist sie vollständig bekleidet. Fröstelnd legt sie sich wieder hin, versucht sich an die gestrige Nacht zu erinnern, doch sie kann sich nicht konzentrieren. Sie ist kurz davor, wieder einzuschlafen, als die Tür aufgeht. Die Hummelfrau kommt herein. Schätzchen, du siehst zum Fürchten aus, sagt sie, in ihrer Stimme schwingt aufrichtige Besorgnis mit.

Das Kompliment könnte April zurückgeben. Die kleine, dicke Frau setzt sich zu ihr aufs Sofa, und aus der Nähe betrachtet ziehen sich Krähenfüße über ihr ganzes Gesicht. Wie die Steinhummel trägt sie tiefes, samtartiges Schwarz, doch ihr Morgenmantel hat Löcher und Flecken. Es geht mir gut, sagt April, und das ist eine Lüge, ihre Stirn ist mit Schweiß überzogen, sie kann fühlen, wie das Fieber steigt, ihre Mandeln anschwellen. Wie bin ich hierhergekommen, fragt sie, ich kann mich nicht mehr erinnern.

Das ist auch besser so, sagt die Hummelfrau und tätschelt ihr den Arm.

Die Hummelfrau heißt Irma, und als sie bemerkt, dass ihr Gast krank ist, versorgt sie ihn mit Medikamenten und Tee. Stundenlang kämpft April in ihren Fieberträumen gegen einen stürzenden Himmel an, und ständig knallen Hummeln gegen Fenster. Als sie wieder zu sich kommt, sitzt Irma neben ihr. Wie geht es dir, fragt sie, du hast im Schlaf gesprochen.

Es geht mir besser, sagt sie mit krächzender Stimme. Sie schließt die Augen, gibt vor, wieder wegzudämmern. Dass eine Fremde sich ihrer annimmt, treibt ihr Tränen in die Augen. Aber sie bemüht sich, nicht zu weinen, sie möchte noch eine Weile hierbleiben. Als sie aufstehen kann, macht sie sich nützlich; noch wacklig auf den Beinen geht sie einkaufen, spült das Geschirr, bohnert die Treppen. April fühlt sich wohl und ist dennoch stets auf dem Sprung. Sie versucht an Irmas Gesicht abzulesen, ob sie sich richtig verhält oder ihr einen Anlass bietet, sie wegzuschicken.

Am Sonnabend sehen sie gemeinsam einen russischen Märchenfilm im Fernsehen, abends liegen weiße Servietten auf dem Tisch, es gibt sogar eine Vorsuppe. April erzählt Geschichten aus ihrem Leben, sie erzählt von Sven und dem Meister, sogar von dem Rattengift, das sie ihnen in den Zucker getan hat.

Du hast was, fragt Irma und stößt einen leisen Pfiff aus.

Hm, sagt sie und holt tief Luft.

Du weißt, dass Rattengift tödlich ist? War es wirklich Rattengift?

April zuckt nur mit den Schultern.

Es muss ein furchtbarer Tod sein, sagt Irma, ich glaube, die Magenschleimhaut löst sich auf, man erstickt am eigenen Blut. Doch dann lacht sie laut, schiebt den leeren Teller zur Seite, du bist mir eine, sagt sie, komische Geschichten kannst du erzählen.

April ist erleichtert, dass Irma ihr nicht glaubt, sie kann es ja selbst kaum glauben, es erscheint ihr weit weg, als wäre es einer anderen passiert. Trotzdem verspürt sie ein Unbehagen, als hätte sie ein winziger Stachel gestreift.

Und deine Eltern, fragt Irma, was machen die?

Meine Mutter ist Kellnerin und mein Vater eine Art Lebenskünstler.

Immerhin ein Künstler, sagt Irma.

Er malt nackte Frauen und Segelschiffe, schreibt Kriminalromane und erfindet Geschichten, die niemand glaubt.

Nun wird mir alles klar, sagt Irma, und warum glaubt die Geschichten keiner?

Weil sie so unwahrscheinlich sind. Einmal hat er erzählt, er sei mit Robert Mitchum auf Sauftour gewesen und habe in einem seiner Filme eine Nebenrolle gespielt.

Vielleicht war es so, sagt Irma. Und deine Mutter?

April kribbelt es in den Kniekehlen. Sie hört die Stimme ihrer Mutter: *Ich werde dir die Haut in Fetzen vom Leib prügeln. Du verdienst nichts anderes.* Sie zündet sich eine Zigarette an und sagt: Einmal hat mein Vater mich mit einem echten Goldring in den Konsum geschickt, den sollte ich gegen eine Flasche Goldbrand eintauschen. Und stell dir vor, die Verkäuferin hat den Ring genommen und mir den Schnaps gegeben.

Na, auch so eine Geschichte, sagt Irma und lacht schallend.

Genauso hab ich es erlebt, sagt April und sieht ihre neue Freundin entschlossen an.

Und hast du Geschwister, fragt Irma.

Zwei Brüder, sagt sie, Alex und Elvis.

Elvis, was für ein Name.

Einer meiner Stiefväter war Elvisfan.

April hält sich nur noch zum Wäschewechseln in ihrem eigenen Zimmer auf, das Fräulein bekommt sie kaum zu Gesicht. Abends begleitet sie Irma ins Kabarett, sitzt in der ersten Reihe und verfolgt aufmerksam, wie sie für ein neues Programm probt. Wenn die Kollegen Irma kritisieren, weil sie den Ton nicht trifft oder Silben verschluckt, möchte April am liebsten lautstark protestieren, sie lässt nichts auf ihre Freundin kommen. Nach der Probe klappern sie die Kneipen ab, in denen sich Künstler und Schauspieler treffen, alles Freunde von Irma. Diese Leute schüchtern April ein, sie sagt kein Wort, lacht nur dann, wenn die anderen lachen; mit Witzen hat sie ihre Schwierigkeiten. Anders als Irmas selbstbewusste Freunde würde April nie auf die Idee kommen, sich als Künstlerin zu bezeichnen, obwohl sie wieder Gedichte schreibt und oft stundenlang an einem Wort sitzt.

Ihre Levi's ist inzwischen so zerschlissen, dass sie die Hose nur noch zu besonderen Anlässen trägt.

Sie gibt eine Annonce in der Zeitung auf: Alte Kleider und Blusen aus der Jahrhundertwende gesucht. Sie bekommt viele Zuschriften und verhandelt hart. Ihr Lieblingsstück ist ein schwarzes Kleid, mit dunkel glänzenden Perlen bestickt, dazu trägt sie einen Männerhut, nur passende Schuhe findet sie nicht. In den ersten Frühlingstagen geht sie ins »Café Corso«, ohne Irma, und wartet vor der Absperrung, bis ihr ein Platz zugewiesen wird. In diesem Café treffen sich die Intellektuellen der Stadt, bärtige, Pfeife rauchende Männer, die ihr ähnlich verkleidet vorkommen wie sie sich selbst. Die Männer tragen Holzfällerhemden oder altmodische Hemden mit Stehkragen, Hosenträger, Nickelbrillen – durch diese Brillen schauen sie bedeutungsschwer in ihre Bücher. Manchmal blicken sie ermattet und schreckhaft auf, als wüssten sie nicht mehr, wo sie sich befinden und was die Wirklichkeit ist. Mit der Wirklichkeit hat auch April ihre Schwierigkeiten. Das Terrain in diesem Café ist ihr fremd, sie weiß nicht, wie sie sich verhalten, wie sie mit eigener Stimme sprechen soll. Es kostet sie Überwindung, einen Kaffee zu bestellen oder die Rechnung; wie oft hat sie den Satz geprobt: Zahlen bitte, und wie oft ist ihre Stimme ungehört verhallt, weil die schielende Kellnerin sie nicht nur überhört, sondern einfach übersehen hat, sie und ihren in die Höhe gereckten Arm. Die Frauen wirken auf April wie schmückendes Beiwerk. Die eine oder andere hält es durchaus wie die Männer, liest, schreibt, neben sich eine Schachtel Karo, oder seltener Roth-Händle, und bestellt ihren Kaffee mit fester Stimme, schwarz und ohne Zucker. So möchte April sein.

Es gibt Tage, da streunt sie wieder allein durch die Gegend und schläft in ihrem alten Zimmer. Als sie einmal spätabends in einer Bar von einem attraktiven Mann angesprochen wird, gelingt ihr eine spielerisch-spöttische Antwort. Im leicht angetrunkenen Zustand lockert sich ihre Zunge, sie ist sogar zu kleinen Scherzen aufgelegt. Der Mann lacht und flirtet mit ihr, und April staunt über die eigene Anziehungskraft. Sie verabreden sich für den nächsten Tag.

Bei aller Freude fühlt sie sich wie ein Korken auf dem Wasser. Sie will einen Strohhut mit getrockneten Blumen tragen. Vor dem Spiegel setzt sie den Hut auf und wieder ab, sie ist kurz davor, nicht hinzugehen. Sie fragt sich, warum selbst Freude so anstrengend sein muss.

Als der junge Mann im Café vor ihr sitzt oder vielmehr sie vor ihm, bringt sie kein Wort heraus, sie trinkt nur hastig, zündet sich eine Zigarette nach der anderen an. Rotwein schon am frühen Abend, und am liebsten hätte sie noch einen Schnaps bestellt. Sie versteht seine Fragen nicht, selbst die Frage nach ihrem Befinden löst bei ihr nur ein Achselzucken aus. Der junge Mann erzählt von einer Ausstellung, aber sie ist in den Gedanken längst woanders. Auf seine Frage, wie sie das Bild findet, das er ihr in einem Katalog zeigt, möchte sie gern eingehen, doch sie kann noch so sehr schauen, sie hat keine Ahnung, was die Striche und Kleckse ihr sagen sollen, hat keinerlei Empfinden, ob das Bild schön oder hässlich ist. April bemerkt seine ratlosen Blicke und würde sich am liebsten in Luft auflösen. Die Unterhaltung, von dem jungen Mann ausschließlich selbst geführt, gerät ins Stocken. Sogar als er auf ein Buch zu sprechen kommt, das sie gelesen hat, sagt sie nichts. Sie sieht das Funkeln in seinen Augen erlöschen, sie sieht ihm an, dass er sie für einen Irrtum hält. Nach einer Weile geht sie auf die Toilette und klettert durch das Fenster.

Der Zustand der schönen Sängerin hat sich drastisch verschlechtert. Ihre Haut riecht nach vergorenem Obst. Sie hat sich eine Korallenkette angelegt, und die Hände sind gefaltet. Demnächst wird mein Herz stillstehen, sagt sie, doch auf April wirkt es, als habe sie ein großes Verlangen danach, dass es weiterschlägt. Die Sängerin erzählt April, sie sei froh, an Gott glauben zu dürfen, ihre Stimme aber klingt nicht froh, eher trostlos. Bald erträgt die Sterbende keinerlei Geräusche mehr, wenn April ihr vorliest, stört sie sogar das Umblättern. Einmal lacht sie tief aus der Kehle, mit heftigem Gerassel. Sie tut ihr leid, doch gleichzeitig betrachtet April sie mit kaltem Blick, versucht den Tod zu erkennen, wie er sich zeigt, hat er schon Teile ihres Körpers erobert, oder sitzt er gestaltlos am Bettrand und wartet auf seine Stunde? Sie würde die Frau gern fragen, ob sie Angst hat und wie sich diese Angst anfühlt, doch sie bringt es nicht fertig.

Wenn April sich ihren eigenen Tod vorstellt, ist alles schwarz, bildlos, unermesslicher Schrecken, wie in der

Kindheit. Und obwohl dieser Schrecken ihr mehr als ein halbes Jahrhundert entfernt scheint, spürt sie die Sinnlosigkeit. Bleibt sich nicht alles gleich, wenn man stirbt, ist es nicht egal, ob heute, morgen oder später? Denkt sie an ihren Selbstmordversuch, erscheint er ihr unwirklich, als hätte er nie stattgefunden.

Die alte Frau stirbt. Bei April stellt sich keine Trauer ein, obwohl sie fest damit gerechnet hat. Sie geht nicht einmal zur Beerdigung, und als Paula ihr die Pagode und einen kleinen Koffer überreicht, interessiert sie sich nur für das, was sich im Koffer verbirgt. Die Pagode schenkt sie einer Mitpatientin. In dem Koffer sind Schallplatten, klassische Musik, sie kennt keinen der Komponisten und ist zunächst enttäuscht, doch dann entdeckt sie das Foto der Verstorbenen auf einer Plattenhülle. In ihrem Zimmer hört April zuerst die Platte mit der Musik von Gustav Mahler, hört sie sich ein zweites Mal an und wieder und wieder bis weit nach Mitternacht. Sie steht am Fenster und schaut in die Nacht, die Töne treffen sie mit einer Wucht, auf die sie nicht vorbereitet gewesen ist.

Am nächsten Morgen liegt sie zähneklappernd auf dem Sofa. Sie hat das Gefühl, wie ohne Widerstand zu sein, als hätten sich ihre Knochen, das sie stützende Skelett, einfach aufgelöst. Sie kann sich nicht aufraffen, in die Klinik zu gehen, bewegt sich in Zeitlupe, würde die Uhr am liebsten zurückdrehen. Sie muss an David denken, den sie auf der neuen Station nie wieder besucht hat.

Bei Irma hat sie sich seit Tagen nicht gemeldet, hat

ihr nicht einmal eine Nachricht hinterlassen. Sie erinnert sich, wie ihr Vater im Winter Bananen auftrieb, als sie die Mundfäule hatte und keinen Bissen herunterbekam, und wie enttäuscht er war, als sie auch die Bananen nicht essen konnte. Sie denkt an Sputnik und Schwarze Paul, an ihre Streiche auf dem Land, an ihre Ausgelassenheit. Sie sehnt sich nach ihren Brüdern, meint den Babygeruch von Elvis wahrzunehmen, seine Atemzüge, wenn er in ihren Armen einschlief.

Diesmal will sie gar nicht sterben. Sie wünscht sich eine Narkose, einen tiefen Schlaf – nichts mehr fühlen. Am späten Nachmittag schafft sie es, aufzustehen und in die Kaufhalle zu gehen. Sie setzt ihr ganzes Geld in Alkohol um. Auf dem Tisch vor ihr stehen Wein- und Schnapsflaschen, Stonsdorfer, der Lieblingsschnaps ihres Vaters. Fräulein Jungnickel ist verreist, so kann April in aller Ruhe mit ihrem Zerstörungswerk beginnen. Wenn sie eine Schnapsflasche ansetzt, hält sie sich die Nase zu; sie trinkt, bis sie nicht mehr kann. Sie schläft ein, wacht auf, trinkt weiter, dämmert wieder weg. Die Tage und Nächte verschwimmen. Sie trinkt, friert, schwitzt, hört Geraschel, Getrappel und Geflüster um sich herum, schleppt sich zum Klo, dann nicht mehr. Brennende Helligkeit in den Eingeweiden, ein Vogel flattert in ihrem Kopf, klopft mit dem Schnabel an die Schädeldecke. Später nur noch Nacht und lebloses Gekicher.

Ihr Herzschlag drückt auf die Ohren, ein Sausen, das zur Stimme wird. Außer ihr ist noch jemand da. Sie wird unsanft angefasst und geschüttelt. Ein Gesicht taucht vor ihren Augen auf, irrt über ihre Netzhaut, zerfällt und setzt sich wieder zusammen. Sie hört, wie das Fenster geöffnet wird.

Was für ein Gestank, schlimmer als im Zoo! Es dauert, bis sie Irmas Stimme erkennt.

Sie hat keine Ahnung, ob es Nacht oder Tag ist.

Was machst du nur, sagt Irma, was machst du nur.

Sie versucht, richtig zu atmen, blickt sich im Zimmer um, als sehe sie es zum ersten Mal. Plakate hängen in Fetzen von der Wand. Ein schmaler Streifen Sonnenlicht lässt den Schmutz überdeutlich hervortreten, auf dem staubigen Boden stehen leere und halb volle Flaschen in Pfützen aus Alkohol und Erbrochenem.

Du stehst sofort auf, sagt Irma so streng wie besorgt.

April muss sich Mühe geben, nicht umzukippen. Am liebsten würde sie sich auf das schwarze Linoleum in der Küche legen.

Als sie Irma mit wackligen Beinen nach draußen folgt, ist es Sommer.

Sie will etwas sagen, ihrer Freundin danken, doch ihr fällt nichts ein, also sagt sie nichts.

Irma will von ihr wissen, warum. Was hat dich dazu getrieben, fragt sie, was ist los mit dir?

April hätte darauf gern eine Antwort. Es ist wie eine Naturgewalt, die über mich kommt, versucht sie zu erklären. Ich halte es nicht aus, wenn es mir gut geht, ich traue dem nicht.

Du redest, als wärst du deinem Schicksal ausgeliefert, sagt Irma, aber du bist es selbst, die es verbockt, nicht deine Dämonen.

Sie weiß, dass Irma recht hat, die Frage ist nur, wie ihr das weiterhelfen soll.

Die Sommertage dehnen sich, es ist so heiß, dass nachts in ihren Träumen selbst die Gespenster schwitzen. Irma hat eine neue Kneipe entdeckt, die »Csárdás«, eine Weinkneipe, die bis nach Mitternacht geöffnet hat. Doch um eingelassen zu werden, stehen sie oft eine halbe Stunde vor der Tür; erst wenn Gäste gehen, dürfen sie den verqualmten Raum betreten, und selbst dann müssen sie noch eine Weile an der Theke warten, ehe ihnen ein Platz zugewiesen wird. Harry, der einzige Kellner, will seine Gäste aber keineswegs demütigen. Hat er sie endlich zu einem Tisch geleitet, bleibt er mit gezücktem Block davor stehen und rasselt das Weinsortiment herunter: Rosenthaler Kardaker, Stierblut, Blaustengler. Wer sich dazu eine kleine Speise erhofft, wird gleich enttäuscht: Essen ist aus, sagt Harry. Genau wie der Graue Mönch, der zu den besseren Weißweinen zählt.

April kann gerade mal Rot von Weiß unterscheiden, es ist ihr egal, was sie trinkt, nur Irma klagt schon im Voraus über zu erwartende Kopfschmerzen. In der »Csárdás« trifft ein buntes Völkchen zusammen, Künstler, Intellektuelle, Trinker, dubiose Gestalten. Irma erklärt ihr, wer wer ist: Die Philosophen halten sich für die Krone der Schöpfung, sagt sie und deutet auf einen Tisch, an dem junge, bärtige Pfeiferaucher diskutieren. Am Nebentisch sitzt eine Malerin, die auch Irma schon porträtiert hat. Wenn sie trinkt, schlagen ihre silbernen Armbänder gegen das Glas, sie wird von dem glatzköpfigen Eismann begrüßt, ebenfalls ein Philosoph, aber nur für Heidegger zuständig. April weiß nichts über Heidegger, doch sie saugt gierig alle Informationen auf.

Irma geht mit ihr ins Kino, ein kleines Kino, das ihr bisher nicht aufgefallen ist, sie sehen Filme von Bergman, Fassbinder und Fellini. Es gibt den einen oder anderen Mann, mit dem April sich trifft oder den sie mit nach Hause nimmt. Auf ihrem Sofa ist sie jedoch nur zu kämpfen bereit, außer wilden Zärtlichkeiten hat sie nichts zu geben; sie entzieht sich mit lustvollem Ernst. Ein junger Student der Literaturgeschichte ist ihr Favorit. Ihm zeigt sie ihre Gedichte, und er macht sich die Mühe, ihre Rechtschreibfehler zu korrigieren. Auch mit ihm kämpft sie bis in die frühen Morgenstunden, er nennt sie eine gewiefte Taktiererin. Nach einer Weile ist er der Sache überdrüssig und kommt nicht mehr. April besorgt sich seine Adresse, und als sie bei ihm klingelt, weiß sie nicht, was sie ihm sagen soll. In der Tür stehend, sieht er sie an wie eine Fremde. Was willst du hier, sagt er.

Ich will dir einen Pullover stricken, rutscht ihr heraus, und ich bin hier, um deine Maße zu nehmen.

Jetzt befasst du dich mit Stricken, sagt er, schön für dich.

Tagelang ist sie von Scham überwältigt, probt in Selbstgesprächen, was sie ihm hätte sagen sollen. Dabei kann sie bestenfalls Topflappen häkeln.

7

Sie hat seinen Namen schon gehört, als andere ihn grüßten oder riefen. Der Mann, der Hans heißt, ist ihr aufgefallen, weil sie seine Blicke im »Café Corso« oder in der »Csárdás« bemerkt hat. Keine aufdringlichen oder abschätzenden, eher spöttische Blicke. Sie sitzt mit einem Buch im Café, ein rotes Taschenbuch von Camus, das Irma ihr unter der Bedingung ausgeliehen hat, es pfleglich zu behandeln. Camus geht ihr unter die Haut, sie sind Gleichgesinnte, mit ihm wäre sie gern befreundet gewesen.

Hans spricht sie an. Er fragt sie quer über die Tische hinweg, ob sie auch die anderen Bücher von Camus gelesen hat. Unfähig, ein Wort herauszubringen, zuckt sie nur mit den Schultern.

Er setzt sich zu ihr. Was denn nun, sagt er, ja oder nein.

Nein, sagt sie, und ja, sie habe vor, noch mehr Bücher von ihm zu lesen.

Durch die Fenster dringt gleißendes Sonnenlicht,

die Straßengeräusche werden eins mit den Stimmen im Café. April ist selbst überrascht, als sie sich sagen hört: Wollen wir baden gehen?

Auf dem Weg zum Baggersee spricht sie alles aus, was ihr in den Sinn kommt. Hans hört ihr zu, und sie kann sogar seine Fragen beantworten. Sie mache momentan so etwas wie Urlaub. Ihre Ausbildung? Die wird sie später angehen, das Leben ist wichtiger. Nein, an Gott glaube sie nicht, Religion und Götter sind was für Schafe, sie sei dafür viel zu misstrauisch.

Sie treffen sich wieder. Als er ihr sagt, dass sie vor Monaten schon einmal verabredet waren, kann sie sich nicht daran erinnern. Du warst voll, sagt Hans, voll wie eine Haubitze. Sich die Hucke vollsaufen, schwer einen geladen haben, stockbesoffen sein gehört zum guten Ton, stolz werden noch die peinlichsten Erlebnisse im Vollrausch zum Besten gegeben; der größte Blödsinn erhält am meisten Zuspruch.

Hans ist sechsundzwanzig und studiert Choreographie. Er bewohnt gemeinsam mit seinem jüngeren Bruder eine Altbauwohnung, in der es ein funktionierendes Bad gibt, sogar Balkon und Telefon, außerdem einen Konzertflügel und den fetten Kater Mao. Sie hat noch nie eine so schöne, luftig helle Wohnung gesehen.

Sein Vater hat sich aus dem Staub gemacht, ist kurz nach dem Mauerbau in den Westen abgehauen, ab und an besucht er seine Söhne. Die Mutter ist an einer Gräte erstickt. Hans erzählt ihr, dass sein Bruder und er seitdem Angst vor dem Erstickungstod haben. Sobald einer von ihnen zu husten beginnt, springt der andere herbei und traktiert den Rücken des Hustenden mit geübten Schlägen. Fisch ist tabu in ihrem Haushalt, Hühnchen, eben alles, was einem im Hals stecken bleiben könnte.

April will auf keinen Fall in die Bürogruft zurückkehren. Ihrem Arzt sagt sie: Eher sterbe ich, als dort wieder zu arbeiten.

Aber er könne sie nicht länger hierbehalten, sagt der Arzt, vielleicht noch eine Woche, höchstens zwei.

Er sieht aus wie ein Faultier, dem man die Haut abgezogen hat, denkt sie, und plötzlich ist ihr nach Heulen zumute. Doch sie will nicht heulen, sie greift auf ihren altbewährten Trick zurück und zerlegt ihn in Einzelteile.

April ist heilfroh, als ihr der Arzt in der nächsten Woche mitteilt, er habe eine neue Arbeitsstelle für sie gefunden, einen Rehabilitantenplatz im Museum für Völkerkunde. Er rät ihr zur Vorsicht, sie werde weiterhin unter ärztlicher Aufsicht stehen. Das stört sie nicht, sie freut sich auf die neue Arbeit. Von ihrem Arzt nimmt April so beiläufig Abschied, als sähe sie ihn bald wieder.

Am Museumseingang wird sie von einer älteren Frau erwartet, die sie durch die Säle führt und ihr erklärt, was sie zu tun hat. April soll Masken in Gips gießen und diese dann nach den Originalen aus der Südsee bemalen. Die Masken haben herzförmige Gesichter und Stielaugen, sie werden an der Kasse für zwölf Mark verkauft. Die Frau sieht aus, als wäre sie selbst einer der Vitrinen für bäuerliches Leben entstiegen, unter ihrem langen Rock schaut derbes Schuhwerk hervor, im zerfurchten Gesicht sitzt ein Schnurrbärtchen, so grau wie ihr Haupthaar. Die Frau ist nicht sehr gesprächig, sie raucht in einem fort, stellt ihr keine Fragen und beantwortet kaum eine.

Nach der Arbeit geht April mit Hans schwimmen, oder sie spazieren durch die Straßen, gehen gemeinsam ins »Café Corso«. Sie hört aufmerksam zu, wenn er ihr etwas erzählt, und versucht ruhig zu sein, als könnte sie mit einer unbedachten Bewegung das Glück zerstören – und diesmal ist es nicht das Glück, mit heiler Haut davongekommen zu sein. Einfache Wiederholungen erfüllen sie mit Stolz und Freude, sie macht das Abendessen und deckt den Tisch. Hans gibt ihr einen Schlüssel zu seiner Wohnung. Ab und an kommen Reinhard, sein jüngerer Bruder, dazu und seine Freundin Babs. Reinhard ist Klavierstimmer, die Gespräche kreisen um Politik oder Film, doch vor allem geht es um den Ausreiseantrag, den er schon vor zwei Jahren gestellt hat. Das könnt ihr euch nicht vorstellen, sagt Reinhard, die sitzen vor dir und behaupten einfach, ein Ausreiseantrag sei die reine Erfindung, niemand dürfe das Land verlassen.

Wenn April Hans ansieht, hat sie das Gefühl, ihn von früher zu kennen; sie fragt sich, ob sie als Kinder befreundet gewesen wären. Er hätte sie schon wahrgenommen, denkt sie, doch eher befremdet; vielleicht hätte er sie beim Kohlenklauen in seinem Keller erwischt, vielleicht hätten sie sich auch geprügelt. In diesem Fall wäre sie bestimmt die Siegerin gewesen.

Nachdem sie einen Film von Truffaut gesehen haben, fragt sie Hans, ob sie Fanny Ardant ähnelt. Noch nie hat sie Hans so laut lachen hören: Du? In diesem »Du« liegt alles, was sie nicht ist.

Warum willst du so aussehen, fragt er.

Na, sie ist eine Frau, eine schöne Frau.

Bleib so, wie du bist, sagt er entschieden.

Es gibt Tage, da scheint sie unsichtbar zu sein, dann wieder spürt sie Blicke auf sich ruhen, als sei sie etwas Besonderes. Bisweilen erwidert sie die Blicke, schaut so lange, bis der andere wegsieht – ein Spiel aus der Kinderzeit. Doch wie geht es weiter nach diesem Spiel? Das Erwachsensein strengt sie an. Sie hat eine Menge Liebesfilme gesehen, und sie versucht sich daran zu orientieren. Trotzdem will sie nicht stöhnen und einen Orgasmus vorspielen, viel lieber würde sie sich zeigen, wie sie ist, doch sie schämt sich für ihre echte Lust mehr als für die Schauspielerei. Nur wenn sie allein ist und rollig wie eine Katze, gibt sie sich ihrer einsamen Lust hemmungslos hin. Oft überkommt sie der Trieb wie ein Sturm, dann kann sie auf der Straße kaum weitergehen, sie versteckt sich in einem Hauseingang oder an einem anderen unbeobachteten Platz und befriedigt sich. Dabei würde sie ihre Empfindungen gern mit Hans teilen, die richtigen Worte finden, doch Angst, Scham, der Gedanke an eine Zurückweisung hindern sie daran. Was soll sie machen, wenn er die Achseln zuckt oder sie pervers findet?

Hans bringt sie dazu, ihm aus ihrer Kindheit zu erzählen, und dann kann sie nicht mehr aufhören damit.

Einmal hat sie ein Glas voll mit Kreuzspinnen gesammelt. Und weißt du, was ich mit den Spinnen gemacht habe? Sie hält einen Moment inne, schüttelt sich.

Ich hab sie über meinem Bruder Alex ausgeschüttet. Er hat furchtbar gebrüllt. Seitdem habe ich eine Riesenangst vor Spinnen. Ist doch gerecht, oder? Atemlos erzählt sie weiter: Wir waren tagelang allein, eingeschlossen in der Wohnung, und ich habe Alex überredet, da muss er vier gewesen sein, sich draußen auf das Fensterbrett zu setzen, ich saß neben ihm, im dritten Stock, das war ein Durcheinander, die Leute unten auf der Straße haben geschrien, bis die Feuerwehr kam. Sie sieht Hans wachsam an. Und dann die Sache mit dem Schuh. Alex hat mich bei meiner Mutter angeschwärzt, und ich habe ihn mit einem Stöckelschuh verprügelt, und dann blieb der Absatz in seinem Kopf stecken. Er hat geblutet und gebrüllt wie abgestochen. Und ich hatte solche Angst, dass er stirbt, doch es war nur ein kleines Loch.

Das sind harte Geschichten, sagt Hans.

Ach, sie winkt ab, wenn man es nicht anders kennt.

Gab es auch was Schönes, fragt er, oder etwas weniger Aufregendes.

Ich war immerzu wütend als Kind, sagt sie. Ich habe vor Wut keine Luft gekriegt.

Hans möchte, dass sie ihre Schüchternheit ablegt und sich an den Gesprächen beteiligt, wenn andere dabei sind. Doch das will ihr nicht gelingen. Sie kommt sich vor wie ein Hühnchen, das seinen dünnen Hals hierhin und dorthin reckt. Wenn sie mal etwas sagt, würde sie es am liebsten mit einer Grimasse zurücknehmen. Bei Hans und den anderen sieht es so einfach aus, aber bei ihr entsteht das reinste Tohuwabohu im Kopf, sobald jemand das Wort an sie richtet. Schon die Frage: Wie geht es dir, macht sie verlegen. Einfach ist es nur, wenn sie mit Kindern spricht, dem Bäcker, der Gemüseverkäuferin, dann weiß sie genau, was sie will, kann sogar fordern, dass das Pfund Sauerkraut in zwei Papiertüten gefüllt wird, weil eine zu schnell durchweicht und sie das Kraut unterwegs essen will.

Hans ermuntert sie, an ihren Gedichten zu arbeiten, und erklärt ihr, was er anders machen würde. Sie kauft sich eine Verslehre, kopiert Rimbaud, Else Lasker-Schüler.

Während am Straßenrand Unkraut und Grasbüschel unter der Sonne verdorren, Staub und Abgase die Luft verpesten, bereitet sich Hans für einen Choreographenwettbewerb von »Schwanensee« an der Oper vor. Früher war er Tänzer. Sie will gar nicht daran denken, dass es in seinem Leben ein Früher gab, ein Früher ohne sie. Hans ist für April der Beweis, dass sie etwas taugt, denn niemals würde sich ein so gebildeter, in jeder Hinsicht großartiger junger Mann mit einem Taugenichts abgeben. Seine Nähe überwältigt April. Sie ist ganz und gar einverstanden mit allem, was er sagt.

Wenn sie morgens das Museum betritt, muss sie an der Mongolei vorbei in den Südsee-Saal, in dem vier japanische Himmelsgötter in den Ecken stehen. Die Himmelsgötter sollen die bösen Mächte abwehren, doch der Einzige, dem sie das zutraut, ist der Gilbert-Krieger mit seinem Helm aus Rochenhaut. Sie stellt sich den Rochen vor, wie er im Schlamm lauert, erst auf den zweiten Blick ein gewandter Schwimmer, dann aber schwebt er nahezu vogelgleich mit riesigen Brustflossen über dem Wasser. Oft steht April im Magazin vor einer der langen Vitrinen, eingehüllt von den Gerüchen nach Hölzern und Harzen, und starrt auf die Tongefäße und Scherben, presst die Stirn gegen das Glas, sieht die alten Kleidungsstücke zu Staub zerfallen oder eine Holzstatue zum Leben erwachen und ihr zuzwinkern. Das Fenster, vor dem sie sitzt und arbeitet, geht auf einen kleinen Friedhof, und wenn sich ihr Blick in der flirrenden Hitze zwischen den Grabsteinen verliert, tippt ihr die alte Frau auf die Schulter, deutet auf die noch zu bemalenden Masken. April verbringt den Arbeitstag träumend, beendet ihn aber auf die Minute genau, und verlässt frohgemut, manchmal sogar laut pfeifend das Museum.

April kocht ihre erste Suppe, die nicht aus der Tüte kommt, doch bald schon wird sie nervös. Das Gemüse ist verkocht, die Brühe ähnelt einem Teich mit Entengrütze. Sie hat alle Gewürze, die sie finden konnte, in den Topf gegeben. Babs summt erwartungsfroh, Reinhard wünscht guten Appetit. Die Suppe ist heiß, April schwitzt, das Löffelgeklapper hallt in ihren Ohren.

Sie schmeckt komisch, deine Suppe, sagt Hans und

beginnt zu husten, hochrot im Gesicht, wedelt mit den Armen, und sein Bruder springt auf, bearbeitet seinen Rücken, als wollte er ihn brechen. Unheimlich, sagt Hans, noch immer hustend, die Suppe schmeckt unheimlich.

Wie kann eine Suppe unheimlich schmecken, fragt sie sich, doch auch ihr kommt der Geschmack nicht geheuer vor.

Ja, unheimlich bitter, sagt Reinhard und legt den Löffel hin, bitter wie Zyankali, fügt er hinzu.

Zyankali? Hans sieht April an.

Sie weiß, was Zyankali ist. Denkt er etwa, sie wolle sie alle vergiften?

Babs rennt auf die Toilette, und nun meint sie selbst, es zu spüren – das Gift beginnt zu wirken. Ich hab keine Ahnung, was los ist, sagt sie zu Hans, ihre Stimme klingt blechern.

Egal, sagt Hans, da stimmt was nicht. Ich ruf den Notdienst an. Er steht auf und geht zum Telefon.

Das Gift muss bei den Gewürzen gewesen sein, denkt sie und kommt sich albern vor, am liebsten würde sie laut loslachen.

Hans zählt am Telefon Symptome auf, Schweißausbruch, Übelkeit, vier Personen sind betroffen. Er hält kurz inne. Wie meinen Sie das?, sagt er mit einem Augenrollen in ihre Richtung. Dann legt er den Hörer auf. Wir sollen uns in einer Stunde noch mal melden, sagt er, falls die Symptome nicht verschwunden sind.

Falls wir dann noch leben, schreit April und rutscht an der Wand hinunter, was sollen wir tun? Sie hat nur noch einen Gedanken, sie will in Würde sterben, und dazu gehört, dass sie niemand in ihren Trainingshosen unter den Jeans sehen soll. Wie eine Schlafwandlerin öffnet sie die Tür, taumelt mit Watteknien die Treppe hinunter, sucht im benachbarten Park ein Plätzchen, um sich die Trainingshose auszuziehen. Unter einem Baum sitzend, fragt sie sich, ob sie das Unglück anzieht. Ihr Blick verliert sich im Astwerk, eine ganze Weile sitzt sie so da und nichts passiert. Sie atmet tief durch und ist immer noch nicht tot. In der Ferne das Geräusch eines Rasenmähers, sie meint das frisch geschnittene Gras zu riechen. April steht auf und tritt den Heimweg an, fühlt sich schon nach wenigen Schritten besser, ist überrascht, dass der Himmel so blau sein kann, hat Lust auf eine Zigarette.

In der Wohnung sitzen die Brüder am Tisch. Wo warst du?, sagt Hans. Wir haben uns Sorgen gemacht.

Das war ein kollektiver Schock, verkündet Reinhard und hält triumphierend ein kleines Tütchen hoch. Bittermandel, sagt er, ein Kuchengewürz.

Babs kommt aus der Toilette und streicht sich über den Bauch. Nimm das nächste Mal ein richtiges Abführmittel, sagt sie verärgert.

April kann nichts dafür, am liebsten möchte sie Hans durchschütteln und rufen: Was traust du mir zu, hast du wirklich geglaubt, ich wollte uns umbringen? Doch sie sagt nichts. Sie hatte ihm von Sven erzählt, von dem Rattengift im Zucker.

Hans nennt sie eine kleine Kanaille, als hätte sie das Essen absichtlich verdorben. Die Suppe wird im Klo entsorgt, nicht mal der Kater bekommt davon ein Schüsselchen ab.

Einen Monat später wird Hans zur Reserve einberufen. Er sieht gar nicht aus wie ein Soldat, eher wie ein Halbwüchsiger, der sich verkleidet hat. In seiner Abwesenheit darf sie sein Zimmer bewohnen. Sie hat sich Trost davon versprochen. Aber wenn sie abends auf dem Bettrand sitzt, Kater Mao zu ihren Füßen, kann sie sich auf nichts konzentrieren. Sie schläft ein, ohne das Licht auszumachen. Sie vermisst Hans. Sie schreibt ihm täglich. In seinen Briefen malt er lustige Bilder, zeichnet sich als Vagabunden mit greisen Gesichtszügen, und sie ähnelt einer Ballett tanzenden Heuschrecke.

Babs bemerkt als Erste, dass mit April etwas nicht stimmt. Du siehst bleich aus, sagt sie, und Reinhard pflichtet ihr bei, wie das Leiden Christi, du brauchst Vitamine.

Ihre Tage sind ausgeblieben, und frühmorgens muss sie sich übergeben.

April war noch nie beim Frauenarzt. Sie hat keine Ahnung, wie sie sich verhalten soll. Was soll sie anbehalten oder ausziehen? Sie kommt sich vor wie eine Idiotin, als sie nur mit einem Hemdchen bekleidet hinter dem Raumteiler hervortritt. Wohin mit den Armen, den Händen?

Setz dich, sagt der Arzt und zeigt auf den Untersuchungsstuhl. Sie versucht, ihren Hintern genau auf dem Handtuch zu platzieren; die restliche Prozedur lässt sie mit geschlossenen Augen über sich ergehen. Doch als sie aufstöhnt, sagt der Arzt: Nun hab dich nicht so, Kindchen. Nun hab dich nicht so, ist einer der Sätze, die sie nicht ausstehen kann, danach kommt gleich: Wenn das nun alle tun würden.

Sie erzählt niemandem von der Schwangerschaft, nicht einmal Hans. Sie besucht ihn in seiner Kaserne. Es sind die letzten warmen Spätsommertage. Hand in Hand lassen sie die Kasernenlandschaft hinter sich, kommen an windschiefen Häusern vorbei, einem Kohlenhandel mit vernagelten Fenstern. Frauen in Kittelschürzen beackern Gartenparzellen, es riecht nach verbranntem Holz, nach Dung und Mist aus den nahe gelegenen Ställen. Es ist auf eine besondere Art still, Felder erstrecken sich bis zum Horizont, ein Bach schlängelt sich neben dem Weg entlang. Vor einer Lücke im Weidezaun bleibt sie stehen, schlüpft hindurch und jagt den Kühen hinterher. Sie will Hans unbedingt zeigen, was sie kann, und führt ihm das Melken mit viel Trara wie einen Zaubertrick vor, lässt die Milch in hohem Bogen aus der Zitze spritzen. Sie kann nicht erkennen, ob er beeindruckt ist, als sie aber in einem Kuhfladen ausrutscht, lacht er so laut, dass die Kühe vor Schreck das Weite suchen. Nun ist sie besudelt und stinkt. Er schafft es, sie an der Wache vorbeizuschmuggeln, er wartet vor dem Duschraum und lässt niemanden herein; sie genießt den Hauch von Abenteuer, am liebsten würde sie ihr Leben auf diese Art mit Hans verbringen.

Die Neuigkeit versteckt April beiläufig in einem ihrer Briefe: Lieber, schreibt sie, heute früh hat mich

Mao der Kater geweckt, eine gebratene Maus im Maul, ich wusste gar nicht, dass er den Herd bedienen kann. Außerdem hat es geschneit, gehagelt, Fledermäuse geregnet, und schwanger bin ich auch. Hans geht in seiner Antwort nicht darauf ein, genau wie sie es erwartet hat.

April weiß nicht, ob sie ein Kind haben will. Sie weiß nicht, ob Hans ein Kind haben will. Sie weiß nicht, ob sie ein Kind haben will, wenn Hans es nicht will.

Sie erzählt es ihm erst nach dem dritten Schwangerschaftsmonat. Da ist er längst von seiner Reservezeit zurück, und die Straßen sind in dichte Novembernebel gehüllt. Zuvor hat sie sich betrunken. Er reagiert so, wie sie es sich gewünscht hat, all die ganzen Wochen lang. Sie werden das hinkriegen, gemeinsam.

Sie versucht, ihr Zimmer mit seinen Augen zu sehen: ein dunkler ungemütlicher Raum mit vollgekritzelten Wänden, leere Flaschen auf dem Boden, Staub, der Geruch nach altem Essen. Hans geht ihre Buchtitel durch, öffnet den Schrank, in dem ihre Wäsche ordentlich gestapelt liegt.

Noch nie was von Privatsphäre gehört?

Ich muss doch wissen, wen ich mir da an Land gezogen habe, sagt er, als sei nichts dabei.

Trotz allem ist sie zum ersten Mal über den Schrankordnungsdrill im Kinderheim froh.

Hier können wir nicht mit einem Kind leben, sagt sie.

Vielleicht geht es doch, erwidert er, wir könnten einen Teil des Zimmers abtrennen.

Nein, sagt sie. Ein Zimmer zu dritt und das Klo mit der Alten teilen, niemals kommt das infrage. Wann immer April in den letzten Wochen die Wohnung betreten hat, stand das Fräulein wie ein Soldat vor ihrer Tür und ließ sie nicht aus den Augen.

Sein Bruder will kein Kind in der gemeinsamen Wohnung, das versteht sie, ist aber erstaunt, wie gleichmütig Hans ist.

Nach Arbeitsschluss läuft April durch verschiedene Viertel und hält nach leeren Fenstern in den Mietshäusern Ausschau. Das Winterlicht taucht die Straßen in dunstige Schatten, graue dickbäuchige Wolken hängen am Himmel wie eine Last. Die Häuser sind verwittert, rußgeschwärzt, haben Brandlöcher in Putz und Mauerwerk. April steigt Treppen hoch und runter, oft muss sie schnell wieder verschwinden, denn verdreckte, gardinenlose Fenster bedeuten nicht zwangsläufig, dass eine Wohnung leer steht. Manche Häuser sind bis in ihren innersten Kern zerstört, der Boden gibt unter ihren Schritten nach, morsche Balken tragen kaum noch die Wände. Auf den Decken und Wänden haben Schwamm und Feuchtigkeit ihre Landkarten hinterlassen. Und doch leben Menschen in diesen Häusern, haben einen brauchbaren Abschnitt bewohnbar gemacht und sich eingerichtet: Sie hinterlassen ihre Spuren, gehen zur Arbeit, kommen wieder nach Hause.

April erfährt zufällig von der Haushaltsauflösung. Im Haus von Hans und seinem Bruder lebten zwei alte Frauen gemeinsam in einer Wohnung und sind am selben Tag gestorben. Die Wörter Selbstmord oder Doppelselbstmord werden nur hinter vorgehaltener Hand ausgesprochen, offiziell kommt derlei nicht vor. April kann den Hausmeister überreden, sie allein in die Wohnung zu lassen. Sie betrachtet staunend weinrote Samtgardinen, schwere Teppiche, die jeden Laut verschlucken, golden gerahmte Ölgemälde, eine alte Standuhr, immer noch tickend, Schränke mit versteckten Schubladen, ein Grammophon, Perücken auf polierten Holzköpfen – die ganze Einrichtung ist in der Vergangenheit eingekapselt. April kann sich nicht vorstellen, dass die beiden Frauen über Jahre hinweg unbehelligt in diesen Räumen leben konnten. Draußen die roten Fahnen, Aufmärsche zum ersten Mai, der Abschnittbevollmächtigte mit stählernen Bügelfalten, und nur eine Hauswand von ihm entfernt konservierter Plüsch? Laut dem Hausmeister sollen die beiden Frauen es miteinander getrieben und sogar eine Haushälterin beschäftigt haben – das mit der Haushälterin glaubt sie keine Sekunde, Dienstboten gibt es nur im Kapitalismus. Sie entdeckt weder Blutspuren noch andere Hinweise, nirgendwo ein spürbares Selbstmordflimmern. Auf ihrem Rundgang sucht sie sich einen Sessel mit löwenköpfigen Armlehnen aus, ein Küchenbuffet, einen alten gesprungenen Spiegel, Wandbehänge, Teppiche. In einem Schuhkarton entdeckt sie funkelnden Schmuck und steckt eine Handvoll ein, obwohl sie sich nicht vorstellen kann, dass die Perlen und Steine echt sind.

Die Standuhr und das Grammophon will der Hausmeister haben, ist zwar nur Plunder, sagt er, aber man weiß ja nie.

Die beiden Frauen spuken April noch lange im Kopf herum. Sie malt sich aus, wie sie in den Zwanzigerjahren gelebt haben, stellt sich Künstler und Dichter vor, Charleston, Opiumhöhlen, Künstlerinnen mit Zigarettenspitzen im Mundwinkel, träumt sich selbst in die Salons hinein, sieht sich als Dichterin in dieser Runde, eine zweite Else Lasker-Schüler. In ihrer Traumwelt gesteht sie sich zu, eine Dichterin zu sein. Diese Epoche übt eine starke Anziehung auf sie aus, Wahnsinn und Dichtung so nah beieinander, der Wahnsinn, so scheint es, Voraussetzung für die Kunst. Doch in Wirklichkeit sind ihr die eigenen Verrücktheiten nur hinderlich beim Schreiben, verstellen klare Gedanken, verbergen die Worte hinter einem Vorhang aus verbrauchten Metaphern.

Endlich hat sie eine Wohnung aufgetrieben, keine Bruchbude, sondern eine Vierzimmerwohnung mit Badewanne und einem kupfernen Badeofen. April hat sie bei einem ihrer Streifzüge offen vorgefunden und sofort gehandelt. Ein Tischlerlehrling aus dem Museum baut ihr im Tausch gegen die aktuelle Renft-LP ein neues Schloss ein. Kurz darauf transportieren Hans und sein Bruder die Möbel aus der Haushaltsauflösung in die Wohnung. April befestigt ein Schild mit ihrem Namen an der Tür. Der Name von Hans wird vorerst fehlen, denn ihn könnten sie wegen eines Schwarzeinzugs exmatrikulieren. Dieses »sie« kommt April vor wie eine schillernde Blase, die aus stetig wechselnden

Teilchen besteht: Stasi, Polizei, Müllmänner, Kellner, Arbeitskollegen, Hausmeister; man weiß nie genau, mit wem man es zu tun hat. »Sie« denunzieren aus den verstiegensten Gründen, und das »sie« ist in Gedanken allgegenwärtig: Pass auf, dass »sie« dich deswegen nicht am Arsch haben. Deswegen? Sie haben einen doch längst am Arsch.

Als April in ihrem Zimmer die Sachen zusammenpackt, hört sie Fräulein Jungnickel auf dem Flur laut mit dem Vogel reden. Dabei klingt die Alte schon selbst wie ein Vogel. Von Dest ist die Rede, vom schmutzigen Flittchen. April versucht, nicht hinzuhören, aber als sie sich in der Küche die Haare wäscht und das Gezeter im Nacken spürt, wird sie wütend. Mit einem Ruck packt sie die Waschschüssel und leert das Wasser über den Kopf der Alten aus. Nach einem lauten Schrei verstummt das Fräulein. Eine Weile ist nur das Geräusch der platzenden Wassertropfen auf dem schwarzen Linoleum zu hören. Sie tauschen Blicke voller Verachtung, Anlass genug für eine handfeste Schlägerei. Doch dann muss April über sich selbst lachen, sie kann es nicht fassen, wie dämlich und schafsköpfig sie sich benimmt. Und das Unfassbare geschieht: Fräulein Jungnickel stimmt wiehernd in ihr Lachen ein, und plötzlich kommt sie April klein und zerbrechlich vor.

Im Museum ist die Heizung defekt, außer in der Kantine herrscht überall Eiseskälte. Sie sitzt mit ihren Kollegen am Frühstückstisch, eine bunt gemischte Gesellschaft, Männer in Schlosserhosen, Frauen in weißen Kitteln rauchen und reden. Wie soll es denn heißen, fragt eine junge Frau und deutet auf Aprils Bauch.

Ich hab keine Ahnung, sagt sie und verschweigt, dass es ihr egal ist. Ein Name, was ist schon ein Name?

Während die anderen darüber diskutieren, ob es ein Junge oder ein Mädchen wird, und die Anzeichen dafür deuten, hört sie nur halb zu, ihre Gedanken kreisen um die Tüte Sauerkraut, die sie sich nachmittags im Gemüseladen kaufen möchte.

Die neue Wohnung erweist sich als Kühlhaus. Eisige Nordwinde umarmen das Mauerwerk, mit dem Heizen kommt sie kaum nach. Im Flur regnet es durch die Decke, das Klacken der Wassertropfen begleitet sie beim Einschlafen. In der Frühe muss Hans mit ihr die volle Blechwanne ausleeren. Und doch hat sie Freude daran, die Wohnung einzurichten. Das Küchenbuffet streicht sie blau, im Schlafzimmer klebt sie gepresste bunte Herbstblätter an die Wände, ein Kinderkörbchen steht vor dem Bett, die Tasche mit den Babysachen daneben. Abends sitzt sie mit Hans am Tisch, und beim Essen reden sie über Gott und die Welt. April hängt an seinen Lippen, ist aufnahmebereit wie ein Schwamm.

Manchmal gibt er ihr einen zärtlichen Nasenstüber wie ihr Vater früher, und dann wünscht sie sich, ihr Vater könnte sie hier mit Hans sitzen sehen. Sie weiß nicht, wo er sich aufhält, ob er mal wieder einsitzt, ob er überhaupt noch eine Wohnung in der Stadt hat oder ganz woanders lebt.

Seit Wochen hat April sich vorgenommen, ihre Mutter zu besuchen. Sie steht vor der Wohnungstür, wie als Kind, das auf die Schritte hinter der Tür horcht und an ihnen zu erkennen versucht, was es erwarten wird. Sie erhofft sich noch immer Anerkennung von dieser Frau. Nun, da sie hochschwanger ist, wird ihre Mutter sie vielleicht als ebenbürtig ansehen. Die Mutter öffnet und sogleich beginnt das alte, bange Fragespiel: Ist es ein gutes oder schlechtes Zeichen, dass sie selbst öffnet und nicht Alex oder Elvis?

Du?, sagt die Mutter, auf ihrem Gesicht zeichnet sich der schnelle Wechsel von Abwehr und Neugier ab, doch dann besinnt sie sich und begrüßt sie, als wären nicht Jahre seit ihrem letzten Wiedersehen vergangen.

April folgt ihr in die Küche, nimmt schon im Flur die vertrauten Gerüche wahr, ihre Brüder sind beim Abwaschen, sie sehen erwachsener aus, obwohl sie klein sind und dürr, und betrachten sie wie eine Unbekannte. Sie bemüht sich, fröhlich und entspannt zu wirken, bewundert das neue Bad, die rote Sitzgarnitur, das Tapetenmuster aus Ziegelsteinen, sie kennt die Regeln und spart nicht mit lobenden Worten. Für eine Weile hat es den Anschein, als wäre sie in ein ganz normales Familientreffen geraten, doch dann sieht sie an den Gesichtern der Brüder, dass sich nichts geändert hat, ihre Mimik ist gefroren, April erkennt die Angst hinter dem Lachen.

Die Mutter öffnet eine Bierflasche, bläst Zigarettenrauch in die Luft. Scheißwetter, sagt sie und schaut aus dem Fenster, da will man am liebsten sterben. Mit einer schroffen Bewegung weist sie die Brüder an, die Küche zu verlassen. Geht in euer Zimmer, sagt sie, hebt die Bierflasche und trinkt. Willst du auch eins? Ohne Aprils Antwort abzuwarten, öffnet sie noch ein Bier, schiebt es ihr zu, dann sagt sie flüsternd, ich hab Schluss gemacht, ich habe dieses Drecksvieh zum Teufel gejagt.

April kann sich vorstellen, was sie meint, doch sie hat keine Ahnung, wer der Mann ist, was er ihrer Mutter angetan hat oder sie ihm, was es mit ihr zu tun hat, trotzdem nickt sie.

Aus und vorbei, ihre Mutter lacht verbittert, hustet und schüttelt sich, als könnte sie es nicht fassen. Dieses Drecksvieh, sagt sie, wenn ich den erwische, der kann sich auf was gefasst machen. Sie sieht sich in der Küche um, als hätte sich das Drecksvieh irgendwo versteckt.

Es ist ein gewöhnlicher Nachmittag im März. Die Tage werden ohnehin nicht richtig hell, bleiben dämmrig, doch ihr kommt es so vor, als wäre der Raum, in dem sie und ihre Mutter sitzen, von einer bedrohlichen Dunkelheit erfüllt.

Der Kühlschrank ist leer, sagt ihre Mutter, ich kann dir nichts anbieten.

Danke, sagt sie, ich habe keinen Hunger.

Ihre Mutter zieht die Stirn kraus, wippt mit dem Fuß. Ich frag mich, fährt sie fort, ob er was mit dieser Schlampe hat, ob er wirklich so bescheuert ist.

Ihre Mutter versinkt in einem Wust von Anschuldigungen, und während sie einen Schluck nach dem anderen nimmt, werden ihre Tiraden immer wirrer. April fragt sich, ob die Mutter mit Absicht ihre Schwangerschaft übersieht.

Als hätte sie die Gedanken ihrer Tochter erraten, hält sie inne und fragt: Klär mich mal auf, gibt es einen Mann dazu?

April erzählt ihr von Hans, doch sie spürt, dass die Mutter mit den Gedanken woanders ist.

Irgendwann schnaubt die Mutter verächtlich, in ihrem Gesicht flackert noch größere Gereiztheit auf, sie leert die Flasche in einem Zug. Hör mir bloß auf damit, sagt sie, ich kann es nicht mehr hören, es ist doch immer das Gleiche.

Sie weiß, es wäre jetzt besser, nicht zu antworten, doch sie spürt Trotz in sich aufsteigen, sie sagt: Was meinst du damit?

Ihre Mutter legt den Kopf schief, wird plötzlich rührselig, beginnt zu weinen. Meine Große, sagt sie, es tut mir alles so leid, was ich dir angetan habe. April kennt diese Szenen, sie sind ihr peinlich und bleiben immer folgenlos; wenn ihre Mutter trinkt, wird sie von Reuegefühlen ergriffen und sentimental. Ein paar Minuten später ist sie wieder die Alte. Ich hab ihn geliebt, verstehst du, der Kerl hatte auch seine guten Seiten. Dann klopft sie mit den Knöcheln auf den Tisch und steht auf. Dieses Schwein, sagt sie, nie wieder, nie, nie, nie.

Ich sollte gehen, sagt April und steht auf.

Das solltest du. Die Stimme ihrer Mutter klingt sofort härter. Warum hast du nicht abgetrieben, fragt sie und deutet auf ihren Bauch, wird doch sowieso nur ein Krüppel.

Sie antwortet nicht, hört nicht auf das, was die Mutter ihr hinterherruft. Wäre sie bloß nicht hierhergekommen, wäre sie bloß frei von dem Schatten ihrer Mutter.

8

Hans hat sie ins Krankenhaus gebracht, zum Gebären abgeliefert, ja, so kommt sie sich vor. Sie ist schon eine Woche über dem Termin, und der Arzt beschließt, die Geburt einzuleiten. Das Fruchtwasser hat schon einen Grünstich, sagt er.

April klettert von dem Stuhl. Die Schwester reicht ihr ein weißes Nachthemd, es ist hinten geöffnet und hängt über ihren Bauch wie ein Zelt.

Sie sollten etwas zulegen, sagt der Arzt, haben ja kein Gramm Fett auf den Rippen.

Sie wird für die Geburt vorbereitet, rasiert, desinfiziert, an den Tropf gelegt.

Es regnet seit dem Morgen, sie weiß nicht, wie lange sie schon so daliegt, mit jedem Regentropfen, der das Fenster trifft, wächst ihr Zorn. Noch haben die Wehen nicht eingesetzt, noch könnte sie verschwinden. Sie muss an ihre Mutter denken, die ihr in der Kindheit den Geburtsschmerz sehr eindringlich geschildert hat und sich lieber erschießen lassen wollte, als das noch mal durchzumachen. April fragt sich, warum sie immer an ihre Mutter denkt, wenn es ihr schlecht geht, denn danach geht es ihr nur noch schlechter.

Der Regen hat sich auf ein Nieseln eingependelt, eine Elster streift am Fenster vorbei, eine Elster mit dem Gesicht eines Falken, und April spürt den ersten Schmerz. Die Wehen setzen ein, und schon bald wird der Schmerz zu einem tiefschwarzen Strudel, der alles, was sie ausmacht, verschlingt. Kein Zorn mehr, nur noch die Wucht nutzloser Schreie. Als eine Wehe sie überrollt, drückt die Schwester auf ihren Bauch, April meint kurz ihre Beckenknochen knirschen zu hören – von einer Sekunde zur nächsten ist alles vorbei.

Noch ungläubig betrachtet sie das blutverschmierte Bündel, das ihr die Schwester hinhält, ein Junge, sagt sie, und alles dran. April ist nur dankbar, dass sie die Augen schließen kann und der Schmerz aufgehört hat.

In dem großen Saal zählt sie zweiundzwanzig Betten, die Frauen reden über sie, über diejenige, die sich nicht zusammenreißen konnte und gebrüllt hat wie ein Tier. Einerseits verachtet April die Frauen, die sich selbst beim Gebären disziplinieren, als wäre es eine Form des Anstandes, die Geburt geräuschlos hinter sich zu bringen, andererseits möchte sie von ihnen angenommen werden. Als eine Frau zu ihr sagt: Ja Kindchen, du siehst aus, als wärst du nie schwanger gewesen, kann April ihr nicht erklären, dass sie gerne dicker wäre.

Die Babys werden auf einem großen zweistöckigen Rollwagen in den Saal geschoben. Er sieht aus, als wäre seine eigentliche Funktion das Befördern von Essen und Geschirr. April befürchtet, dass dies kein sicherer Ort für die Säuglinge ist, die in Tücher gehüllt schreiend nebeneinanderliegen und an ihre Mütter verteilt werden. Auch ihr wird ein Bündel überreicht. Sie nennt ihren Sohn Julius. Sein Gesicht erinnert sie an einen verhutzelten alten Chinesen. Vorsichtig berührt sie ihn.

Eine der Schwestern beginnt einen Vortrag und endet mit den Worten, es sei keine Schande, sein Kind zur Adoption freizugeben. Die Frauen reagieren mit kollektivem Zorn, auch April schnaubt.

Hans kommt vorbei, angetrunken, in Feierlaune. Er lässt sich Julius zeigen und bleibt nur kurz.

Draußen toben nächtliche Stürme, April findet keinen Schlaf. Sie fühlt sich unvollständig ohne Hans. Es kommt ihr in den Sinn abzuhauen, später könnte sie mit ihm zusammen ihr Kind abholen. Erst im Morgengrauen dämmert sie weg, träumt von einem Ort, der sich weit und menschenleer bis zum Horizont erstreckt, sie kann eine Sandwüste erkennen, ein einsames Haus, die Fensterläden klappern im Wind.

Am Tag ihrer Entlassung wartet sie vor dem Krankenhaus auf Hans, die Milch schießt ein, befleckt ihr Kleid. Er taucht nicht auf. April nimmt ein Taxi nach Hause. Sie steht eine Weile vor der Wohnungstür, scheut den Anblick leerer, stiller Zimmer ohne Hans. Dann findet sie ihn verschlafen im Bett vor und schließt ihn aus lauter Freude stürmisch in die Arme. Ich hab mit Freunden gefeiert, sagt er, wir haben Julius hochleben lassen, und ich bin immer noch kaputt. Sie weiß nicht, ob sie sich ärgern oder lachen soll.

Am nächsten Tag fährt Hans zu einem Tanzkurs nach Dresden. Dort treffen sich internationale Tänzer und Choreographen. Sie hat gehofft, er würde nicht fahren. Schon als seine Schritte im Treppenhaus verhallen, fühlt sie sich verlassen. Mechanisch gibt sie ihrem Sohn die Brust, trägt ihn umher. Wenn Julius schläft, raucht sie, sieht aus dem Fenster, nimmt die Geräusche überdeutlich wahr: das Gurren der Tauben, immer mit einem kurzen Laut am Ende, wie das Stopp beim Morsen, Getrappel auf dem Dachboden, ein Keuchen im Innern ihres Schädels. Der Himmel zeigt ein erbarmungsloses Grau, Wind peitscht durch die Bäume, ein Gewitter kündigt sich an. Sie nimmt Julius zu sich ins Bett, betrachtet ihn, versucht zu ergründen, was er fühlt, so blind, klitzeklein und abhängig von ihr.

In einer der Geschichten ihres Vaters kommt sie selbst als Säugling vor. Er habe ihre Mutter davon abhalten müssen, sie mit einem Kissen zu ersticken, wenn sie schrie. April weiß nicht, was sie von dieser Geschichte halten soll, es wäre ihr lieber, sie nie gehört zu haben.

Sie hat geglaubt, wenn das Kind da ist, stelle sich die Mutterliebe ganz von selbst ein. Sie kommt sich betrogen vor, und sie weiß nicht, ob all die anderen Mütter sich etwas vorgaukeln oder ob nur sie fehlerhaft ist. Die Liebe, die Liebe, die Liebe – wie soll sie jemanden lieben, den sie gar nicht kennt? Ihre Brüste sind hart, blau geädert, sie weiß nicht wohin mit der vielen Milch. Der erste Donner ist zu hören, Regen setzt ein, Blitze gabeln sich am Himmel, zucken grell ins Zimmer. Sie spürt, wie Julius sich anspannt und steif macht, legt ihn sich auf den Bauch. Blitz und Donner explodieren um sie herum, sie versucht, tief und gleichmäßig zu atmen, nach einer Weile passt sich der Atem von Julius an. Sie beginnt, ein Schlaflied zu summen.

Hans verlässt früh das Haus, probt an der Oper mit Tänzern, während ihr ganzer Tag auf seinen Feierabend ausgerichtet ist. Wie im Traum fährt April ihren Sohn spazieren, windelt ihn, gibt ihm die Brust – sie kauft ein, macht sauber, kocht das Essen. Aber wenn Hans sich abends nur um Minuten verspätet, fährt ihr die Angst in die Glieder. Sie ist immer wieder überzeugt, dass ihm etwas zugestoßen sein muss, und dann gibt der Boden unter ihren Füßen nach. Bevor sie in der Finsternis versinkt, feilt sie an ihrem Überlebensplan: Sie träumt davon, sich eine große Tiefkühltruhe anzuschaffen, dort wird sie liegen, lebendig eingefroren, und nur herauskommen, um ihren Sohn zu füttern; diese konfuse Vorstellung wirkt auf April befreiend.

Als Julius seine Schreiphase hat, stellen April und Hans ihn nachts ins Wäschezimmer, am anderen Ende des Flurs. Er muss schreien, sagt Hans, das hält ihn später auf Trab.

Dabei sind sie sich gar nicht sicher, ob es richtig ist, Julius schreien zu lassen, wie ihnen die Kinderärztin und andere Eltern raten. Sie warten vergeblich darauf, dass er aufhört; irgendwann können sie es nicht mehr ertragen und nehmen ihn zu sich.

9

Sie hat den Wechsel der Jahreszeiten kaum wahrgenommen. Die Wochen, Monate sind im Zeitlupentempo an ihr vorbeigeschlichen, haben ihr das Gefühl gegeben, sie stecke fest im täglichen Einerlei aus Windeln waschen, Brei geben, spazieren gehen. Julius ist ein Jahr alt. Wenn April mit ihm auf den Spielplatz geht, befriedigt sie einzig und allein die Vorstellung, die anwesenden Mütter und Kinder mit einer Kalaschnikow niederzumähen, und ihr falsches Lächeln überstrahlt das Schlachtfeld, wenn sie ihren Sohn am Sandkastenrand absetzt. Sie kann nicht glauben, dass die Mütter es ernst meinen, wenn sie einen Kuchen aus Sand backen und noch einen und vor Freude in die Hände klatschen. Als Julius seine ersten Schritte macht, bekommen sie einen Krippenplatz.

Tagelang Regen in allen Varianten: Wolkenbrüche, Wasserschleier, als hinge der Himmel in Fetzen. April freut sich darauf, arbeiten zu gehen, auch wenn anfangs nicht alles glattläuft. Im Museum gab es schon wieder eine Heizungshavarie, in allen Stockwerken wird gebaut. Die Südseemasken, für die sie zuständig war, werden nicht mehr benötigt, doch sie bekommt eine Stelle im Archiv. Sie sitzt allein in einem riesigen, schlecht beleuchteten Zimmer, in dem es nach Staub und nassem Hundefell riecht. Ein zweiter Schreibtisch steht ihrem gegenüber. Mit ihrer besten Schrift trägt sie die Kriegsverluste in das Inventarverzeichnis der in Leder gebundenen Bände ein, doch ihr Eifer legt sich bald. Sie leiht sich Bücher aus der Museumsbibliothek und liest über Kannibalismus und berühmte Stammesfürsten. Die deckenhohen Rollschränke sind mit Tausenden Fotos gefüllt, auf denen wilde Krieger, aufgebahrte Schrumpfköpfe, nackte Ureinwohner zu sehen sind. Fasziniert betrachtet sie einen Wurm am rötlichen Innenrand eines Auges, das felsartige Genital eines Mannes, der an Elephantiasis leidet und sich nur von der Stelle bewegen kann, indem er seinen Riesenschwanz auf einem kleinen Wagen neben sich herzieht. Manchmal hat sie das Gefühl, als wäre da noch jemand im Raum. Aus dem Fenster sieht sie auf den Innenhof, vor dem porösen Mauerwerk steht eine von Frühlingswinden durchgeschüttelte Kastanie. Dort treffen sich ihre Kollegen in den Raucherpausen, schon bald steht sie bei ihnen oder sitzt rauchend in der Kantine, niemand scheint Rechenschaft über ihre Arbeit zu verlangen.

Es gibt nur eine Kontrolle, die sie zu befürchten hat – der Museumsdirektor klärt sie darüber auf. Ob ihr klar sei, welche Auflagen mit ihrem Arbeitsplatz verbunden sind, fragt er und bietet ihr ein Glas Wein an.

April hat keine Ahnung, den Wein lehnt sie ab. Es ist später Vormittag, sie sitzt im Direktorenzimmer auf dem Sofa.

Er erklärt ihr, dass sie wegen ihres Rehabilitationsplatzes zweimal im Jahr überprüft werden müsse. Der Direktor hält die Zigarette nah am Mund, seine Finger sind gelb vom Nikotin. Die Stelle ist zeitlich begrenzt, sagt er und greift nach seinem Weinglas. Sie versucht zuzuhören, doch ihr Blick gleitet aus dem Fenster, in der Ferne wird Klavier gespielt, darüber das wütende Rauschen des Windes.

Aber sie werde natürlich vor den Kontrollen informiert, sagt er. Ob sie wisse, wie Eskimos sich begrüßen. Schon hat sie seine Nase im Gesicht und seinen Weinatem – natürlich weiß sie, wie Eskimos sich begrüßen.

Als April wieder an ihrem Schreibtisch sitzt, überlegt sie, ob sie das richtig verstanden hat: Man kontrolliert nicht, ob sie ihre Arbeit gut macht, sondern ob ihre Psyche labil genug ist. Wenn sie hingegen gesund ist, verliert sie ihren Arbeitsplatz. Sie weiß zwar nicht, was ihr lieber wäre, aber sie wird auf alle Fälle vorbereitet sein.

Sie ist berauscht vom Frühsommer, und gleichzeitig fühlt sie eine starke Enttäuschung. Wann hat sie angefangen, Hans mit anderen Augen zu sehen? In den guten Momenten kann sie mit ihm sogar Gustav Mahler hören, ohne sich dabei aufzulösen. Doch die Liebe strengt sie ungeheuer an. Sie weiß nicht, was ihre Liebe zu Hans ausmacht, sie hat große Angst, dass er sie verlässt, doch sie tut einiges dafür. Manchmal hat April das Gefühl, es ist genau diese Angst, die sie an Hans bindet. Ich möchte tot sein, schreibt sie in ihr Tagebuch, wenn sie und Hans sich wieder einmal gestritten haben. Dabei ist er immer verständnisvoll, sogar wenn sie tobsüchtig wird, Geschirr an die Wand wirft, alles kaputt machen will. Er zieht sie aus dem Scherbenhaufen hoch, und sie, eine Gefallene, lässt es schuldbewusst geschehen. Wir sind eine Familie, sagt er, tu nicht immer so, als wärst du allein.

Hans hat sich ein Auto von einem Freund geborgt, einen knallgelben Wartburg. Ein anderer Freund hat ihnen seine Laube am See überlassen. Doch vorher wollen sie noch nach Rügen. Es regnet in Strömen, die Scheibenwischer sind kaputt, Hans fährt langsam, fast Schritttempo. Ich weiß gar nicht, wo wir sind, sagt er mit einem Blick auf die Karte. Hier müssen wir lang. Er deutet mit dem Finger auf eine der Linien.

Ja, sagt sie, um etwas beizutragen; ihre Orientierungslosigkeit geht über das normale Maß hinaus.

Diese Linie ist die Straße, auf der wir uns befinden, ist dir das eigentlich klar?

Sie teilt seine Begeisterung über die langen Alleen, an denen die Bäume Spalier stehen und die Blätter über ihnen ein Dach bilden. Aber der Regen schließt sie ein, wie in eine Kapsel. Sie muss an Julius denken, der sich ohne viel Aufhebens in die Arme von Babs begeben hat. Er wird sie bestimmt nicht vermissen, doch auch sie ist froh, ein paar Tage ohne ihn zu sein, sich nicht ständig fragen zu müssen, ob ihm etwas fehlt, ob er gerade losheult oder ein anderes Kind.

Der Regen hat aufgehört. Hans erhöht das Tempo, in einer Kurve rutschen die Hinterreifen weg, er bremst scharf ab, das Auto kommt ins Schlingern.

Pass auf, sagt sie, du fährst viel zu schnell, mir wird schwindlig.

Geht schon, sagt er.

Nein, geht nicht, sagt sie, du bist lange nicht gefahren.

Hör auf mit dem Gejammer.

Du bist aus der Übung. Ich will noch leben. Sie atmet tief durch. Bitte fahr langsamer.

Auf einmal willst du leben.

April weiß nicht, wie oft sie solche Gespräche schon geführt haben, doch sie weiß, dass es nichts bringt. Trotzdem kann sie nicht aufhören. Fahr langsamer, oder ich steige aus, sagt sie.

Es scheint ihm Spaß zu machen, wenn er ihr einen Schrecken einjagen kann. Hans beschleunigt, schaut stur nach vorn, gibt noch mehr Gas.

Bitte. Ihr Ton klingt gar nicht bittend.

Was denn? Hans trommelt gegen das Lenkrad. Das ist doch lächerlich.

Es ist, als würde er Rache nehmen für seine sonstige Gelassenheit, und sie fragt sich, ob es damit doch nicht so weit her ist.

Abends sitzen sie am Strand, kleine Wellen landen schäumend vor ihren Füßen. April lacht. Sie will lachen. Sie stellt Fragen, und Hans antwortet.

Anderntags schwimmt sie im Meer, fängt winzige Krabben, die sie in einem Tümpel wieder aussetzt. Sie hat sogar Lust, eine Sandburg zu bauen, aus der Sandburg wird eine Wohnung, Küche, Schlafzimmer, Kinderzimmer – alles da. Kommen Sie uns doch besuchen, ruft sie den Geistern zu, die wie April Mutter, Vater, Kind spielen. Sie scherzt ausgelassen mit Hans, denkt sich Mutproben aus: Sie spricht Urlauber in einer Sprache an, die es nicht gibt, einem Kauderwelsch aus ihrem Schulrussisch und erfundenen Wörtern; sie schwimmt weit über die Boje hinaus, spielt eine Ertrinkende; geht in ein besseres Restaurant, nimmt ein Glas Sekt vom Tisch, prostet den Gästen zu, trinkt es aus und geht wieder.

Als Hans langsam genug hat, ist ihr zumute wie einem Kind, dem man das Spielzeug wegnehmen will.

Komm, lass uns gehen, sagt er, es ist spät.

Sie liegen nebeneinander im Bett, und April kann nicht einschlafen. Es ist eine Spannung in ihr, die sie kaum aushält, am liebsten wäre sie ein Affe und würde von Baum zu Baum springen, laut und schrill kreischen, bis sie vor Erschöpfung keine Luft mehr bekommt. Hans schnarcht leise. Sie flüstert, wie unglücklich sie sich fühlt, wie allein, ungeliebt, doch Hans wacht nicht auf. Sie ist gerade einundzwanzig geworden, sie kommt sich immer noch vor, als wäre sie jemand auf Durchreise, sie will begreifen, was sie umgibt. Doch das Wahre vom Falschen zu unterscheiden ist so, als müsste sie lernen, mit geschlossenen Augen zu schielen.

Am nächsten Morgen bricht sie einen Streit vom Zaun, provoziert Hans, bis er ins Auto steigt und ohne sie losfährt. Sie packt ihre Sachen und stellt sich an die Autobahn, aber sie weiß nicht einmal, wie der See heißt, an dem die Laube stehen soll. Es bleibt ihr wohl nichts anderes übrig, als nach Hause zu trampen. Es dauert eine ganze Weile, bis ein Auto hält. Der Fahrer neben ihr stinkt nach Rasierwasser, er betrachtet sie verschlafen und hustet rasselnd. April bereut längst, sich mit Hans gestritten zu haben. Sie döst vor sich hin, hat keine Lust, mit dem Fahrer zu reden, schaut stur aus dem Fenster. Als sie auf einem Parkplatz einen gelben Wartburg erblickt, schreit sie, dass der Fahrer halten soll, und zwar sofort. Er hält erst, nachdem sie ein zweites und drittes Mal geschrien hat. Der Fahrer haut sich an die Stirn, du bist doch völlig bekloppt, sagt er, so was von bekloppt. April reißt die Tür auf und springt heraus, fast hätte sie ihr Gepäck im Auto vergessen. Sie geht am Straßenrand entlang, heißer Sand knirscht unter ihren Sandalen, der Koffer in ihrer Hand wird immer schwerer. Kolonnen von LKW donnern an ihr vorbei, die Autobahn unter der Sonne gleicht einer glitzernden Schlange. Als April endlich den Parkplatz erreicht, steht der gelbe Wartburg noch da, und zu ihrer Erleichterung entdeckt sie Hans schlafend auf den heruntergeklappten Sitzen. Sie betrachtet sein Gesicht durch die Scheibe, als hätte sie ihn seit Ewigkeiten nicht gesehen. Selbst im Schlaf sieht er aus, als würde er nachdenken.

Sie hält ihr Ohr an die Scheibe, doch sie hört nichts. Wo sie steht, ist es still, nur ihr Herz hämmert laut. Sie schlendert über den Parkplatz, zwischen Unkraut liegt Abfall, ein zerfetzter Papierdrache hängt in einem Baum. April beobachtet eine große Schnecke, die ihre Schleimspur auf einer Reifenfurche hinterlassen hat. Als sie sich umsieht, entdeckt sie überall Schnecken, sie nimmt eine und setzt sie auf die Windschutzscheibe. Dann sammelt sie alle Schnecken, die sie finden kann, bis nach einer Weile sämtliche Autoscheiben mit ihnen bedeckt sind. Der Nachmittag geht in den Abend über, ohne dass Hans aufwacht. April kann nicht mehr durch die Scheiben sehen, sie sitzt da und wartet. Sie könnte hier noch lange sitzen, sie würde Teil des Abends werden, der nahenden Nacht. Erst sein Schrei schreckt sie auf, Hans springt aus dem Auto, läuft kreuz und quer über den Parkplatz, und als er sie entdeckt, wirkt er völlig verwirrt. Hier, schau mal, sagt er, bleibt vor ihr stehen und zeigt ihr seinen Unterarm, auf dem sich die feinen Härchen aufgerichtet haben. Was ist nur mit dir los, sagt er. Du hast nur Unsinn im Kopf. Denkst du überhaupt mal an andere?

Während sie gemeinsam die Schnecken vom Auto klauben, versucht sie ihn aufzuheitern. Unterwegs im Auto sieht sie ihn an und lächelt. Eine Zurückweisung würde sie nicht ertragen.

Hans deutet auf die verschmierte Frontscheibe, was hast du nur angerichtet, sagt er, und sie ist dankbar für sein Lächeln, auch wenn es gezwungen wirkt. Die Scheibe sieht aus, als hätte ein Riese sie bespuckt.

Spätabends kommen sie an. Von einer Mückenwolke begleitet, folgt sie ihm über den schmalen Uferweg zu einem Steg, der an einem Bungalow endet. Hans zieht den Schlüssel aus seiner Jackentasche, auf Anhieb gefunden, sagt er. Die Tür knarrt beim Öffnen, als würde sie sich wehren, drinnen ist es dunkel und stickig, Hans zündet eine Kerze an und hält sie hoch. An den Wänden hängen Poster mit Fischen drauf, in einer Ecke stehen fein säuberlich aufgereiht bunte, glänzende Angeln.

Ich hab Hunger, sagt sie.

Besser nicht ans Essen denken, sagt Hans, kann sein, dass nichts da ist.

Es wird schon was geben, sagt sie und öffnet einen Schrank, sucht überall und findet nichts. Wir könnten Fische fangen.

Lass bloß die Angeln in Ruhe, sagt er, sind nicht unser Eigentum.

Nicht unser Eigentum, äfft sie ihn nach, na und? Sie schaut durch das winzige Fenster, auf dem Wasser schimmern weiße Seerosen.

In einem Schuhregal entdeckt sie neben Gummistiefeln und Jesuslatschen eine Flasche Rum. Ich hab was gefunden, ruft sie und hält ihm triumphierend die Flasche vor die Nase.

Ich weiß nicht, sagt Hans, wir können die nicht einfach aufmachen.

Wer hindert uns daran?

Wir müssten sie ersetzen. Ist dir das nicht klar?

Ist mir egal, sagt sie. Auf ihrer Oberlippe stehen

Schweißperlen. Sie geht nach draußen, öffnet die Flasche, ihre Knie werden weich nach dem ersten Schluck. Hans kommt zu ihr mit einer Tüte Keksen in der Hand.

Ich könnte die ganze Welt aufessen und wäre immer noch hungrig, sagt sie und nimmt sich einen Keks. Wo hast du die her?

Es gibt eine Vorratskammer.

Ein kleines Boot schaukelt am Steg zwischen Seerosen, der ganze See ist mit ihrem Weiß bedeckt, wunderschön, sagt sie und beugt sich über das Wasser, um eine Blüte zu pflücken.

Hans lacht laut.

Was ist los, fragt sie.

Nichts, sagt er, gar nichts.

Sie reden über »Schuld und Sühne«. Wäre Hans Schriftsteller, würde er ein Buch schreiben, das keinen Anfang und kein Ende hätte.

Wie willst du das machen, sagt sie, der Anfang ist doch da, mit dem ersten Wort.

Darum geht es nicht. Es ist ein Konzept. Du kannst das Buch in der Mitte aufschlagen und zu lesen beginnen, ohne etwas verpasst zu haben.

Da sitzt du jahrelang dran, sagt sie, das ist wie ein Puzzle.

Oder wie die Bibel. Hans starrt auf den See hinter ihr.

Die Flasche ist halb leer, wenn sie die Augen zusammenkneift, kann sie den Mond zwei- bis dreimal am Himmel sehen. Alle paar Sekunden schlägt sie eine Mücke tot, die sich vorher an ihrem Blut gelabt hat. Die Viecher spürt man erst, wenn es zu spät ist, sagt sie.

Mich wollen sie nicht, sagt er, saures Blut.

Die Nachtluft ist erfüllt von Geräuschen, die sie überdeutlich wahrnimmt, ein stetes Schwirren und Summen, Schilfgeraschel, in der Ferne meint sie Kuhglocken zu hören, ganz nah springt ein Fisch.

Sie erwacht auf dem Steg, mit schmerzendem Rücken, ihre Kehle fühlt sich an wie zugeklebt. Die Morgensonne sticht viel zu grell vom Himmel herab. Die Nacht hat mit einem Streit geendet, sie entsinnt sich ihrer Ohnmacht und der Worte von Hans, sie würde ihn in den Wahnsinn treiben – dabei ist sie dem Wahnsinn nahe gewesen: Jeden ihrer Gedanken hat er bedeutungsschwer zu Ende führen müssen, als komme es gar nicht darauf an, was sie sagt. April spürt immer noch die Wirkung des Alkohols, doch gleichzeitig auch Erleichterung, als sie sich klarmacht, dass sie einfach fortgehen kann. Sie holt ihre Sachen aus der Hütte, geht leise an Hans vorbei, der auf einer Luftmatratze liegt. Sein Atem geht schnell und flach, sie beeilt sich, rauszukommen, ehe er aufwacht. Sie verlässt die winzige Insel, neben der sich weitere winzige Inseln befinden, mit kleinen Hütten drauf, wie ein Unglück am anderen, denkt sie, kommt an Gärten vorbei, Mücken summen an ihrem Ohr. Sie fühlt sich verkatert, klamm und schmutzig. Die Insellandschaft liegt hinter ihr, sie geht über staubige Wege, Straßen, die plötzlich aufhören, und nach einer Weile trottet sie nur noch dahin. Die sandige Ebene geht über in einen Wald, die Sonne sticht aus dem Nichts. Sie klettert auf einen Hochsitz und sieht nur Kiefern ringsherum, knarrende Kiefernwipfel, erschöpft bläst sie sich die Haare aus dem Gesicht. Sie denkt an den nächtlichen Streit mit Hans, an seine Worte: Wer mir nicht folgt, der bleibt zurück. Für sie klingt das wie eine Parteitagsparole. Sie versteht wieder einmal nicht, was er damit sagen will; doch wenn er es ausspricht, klingt es unumstößlich. Warum streiten sie sich so oft bis zur Erschöpfung, wie zwei Schwimmer, die sich zu weit hinausgewagt haben? Werden sie irgendwann ertrinken? Inzwischen plagen die Mücken sie von Kopf bis Fuß, sie sieht zu, wie eine sich auf ihrer Hand vollsaugt, und als das Rot in dem winzigen Körper aufscheint, zerquetscht sie das Insekt. Blödes Vieh, ruft sie, blödes, blödes Vieh. Sie läuft rastlos über ausgetretene Waldpfade, durch dichtes Gestrüpp, stört sich nicht an den Kratzern, verflucht sich, weil sie von Himmelsrichtungen keine Ahnung hat. Sie kann nicht mehr klar denken, bleibt stehen, schließt die Augen. Sie wird einfach weiterlaufen, irgendwann muss der Wald ja aufhören. Ihr ist schwindlig, vor ihren Augen wabert es weiß, als hätte sich die Sonne in Nebelfetzen aufgelöst. Als hinter einem Hügel endlich eine kleine asphaltierte Straße sichtbar wird, atmet sie tief durch. Nach einer Weile hört sie ein Auto hinter sich und bleibt stehen. Ein Trabant hält neben ihr, der Mann am Steuer kurbelt die Scheibe herunter und fragt, was sie hier zu suchen habe. Sie versteht die Frage nicht. Das hier sei Privatbesitz, erklärt ihr der Mann, das Land gehöre ihm, und sie solle gefälligst verschwinden. Gefälligst? Sie schreit den Mann an, was er sich denn einbilde, ein so großer Wald könne niemals einem Einzelnen gehören. Ihre Wut entlädt sich wie in einem Gewitter, der Mann betrachtet sie entgeistert, als würde sie einer besonderen Spezies angehören.

Es dauert Stunden, ehe sie die Autobahn erreicht, und weitere Stunden, bis sie endlich ihre Wohnungstür aufschließen kann.

10

Dass Männer sie schön finden, kann sie nicht verstehen. Als würden die Blicke nicht ihr gelten, sondern der Idee von ihr; sie betrachtet ihren Körper wie einen ihr zugewiesenen Körper, er muss nützlich und belastbar sein. Sollte jemand versuchen, sie zu verprügeln oder ihr sonst wie Gewalt anzutun, ihr Körper würde sie verteidigen wie eine Maschine. Gewalt ist für sie nach wie vor ein normaler Bestandteil des Lebens, auch wenn sie sich davon zu lösen versucht.

Im Museum sitzt ihr seit ein paar Tagen ein neuer Kollege gegenüber. Er heißt Silvester, der Name kommt ihr erfunden vor, seine Haut ist gebräunt, so dunkel, dass sie die Akneflecken, die sich wie eine Kraterlandschaft über sein Gesicht ziehen, zuerst nicht bemerkt. Sein Blick ist der eines Raubvogels. April findet den jungen Mann auf eine verwegene Art attraktiv. Er ist ihr von Anfang an vertraut, so als wäre er schon immer da gewesen.

Hast du »Hundert Jahre Einsamkeit« gelesen, fragt er, wenn nicht, musst du es unbedingt lesen, es wird dir gefallen. Wenn Silvester lacht, wirft er den Kopf in den Nacken und wiehert laut los. Er hat einen Plattenspieler mitgebracht, während der Mittagspause tanzen sie zu der Musik von Ernst Busch.

Sag mal, heißt du eigentlich Hans, fragt er sie einmal, und als sie nicht antwortet, fährt er fort, du beginnst jeden Satz mit: Hans hat gesagt.

Sie versucht ihm zu erklären, dass sie mit Hans über alles spricht und er stets den abschließenden Gedanken hat – sie käme sich wie eine Hochstaplerin vor, wenn sie seine Schlussfolgerungen als ihre ausgäbe. Es ist, als würde Hans seine Unterschrift unter meine Worte setzen, sagt sie, und erst als Silvester in sein lautes Lachen ausbricht, wird ihr klar, wie komisch das klingt.

Ich lerne Pygmalions Galatea persönlich kennen, sagt Silvester, welch eine Ehre. Und wenn dein Hans auf die Idee käme, du solltest dich nur noch von Luft ernähren, würdest du es tun?

April ärgert sich, aber sie weiß nicht einmal, wer Galatea ist.

Bisher war sie nur in der Bücherei um die Ecke, nun meldet sie sich in der deutschen Bücherei an, verlängert ihre Mittagspause bis in den späten Nachmittag. Zuerst ist sie eingeschüchtert von den hohen Räumen, dem bedeutsamen Schweigen, all den Bücherrücken, womit soll sie nur beginnen? Sie liest über Pygmalion, stöbert im klassischen Altertum, in der griechischen Mythologie, lernt die Namen der Musen auswendig. Wie eine

Schülerin erledigt sie ihre Aufgaben, doch erst als sie die *Traumdeutung* von Freud liest, springt ein Funke über. April kann sich nie an ihre Träume erinnern, bis auf einen, der in verschiedensten Variationen wiederkehrt: Sie verpasst den Zug, sitzt im falschen Abteil, hat keine Fahrkarte oder fährt in die verkehrte Richtung.

Später entdeckt sie Otto F. Kernberg und andere Psychologen und stellt so fasziniert wie erleichtert fest, dass sie nicht auf ewig in ihrem Gefühlschaos schmoren muss – sie kann etwas ändern. Anfangs identifiziert sie sich mit jedem Krankheitsbild, erkennt sich mal als Borderlinerin, mal als Hysterikerin wieder, überlegt, ob sie infantil ist, narzisstisch, eine antisoziale Persönlichkeit. Doch dann lernt sie zu begrenzen: Je nach Konvention kann alles Mögliche als antisozial bezeichnet werden. Wenn sie Begriffe wie »frei flottierende Angst« in ihren Schnellhefter überträgt, hat sie das Gefühl, etwas zu verstehen. April fühlt sich gemeint.

Abends kann sie es gar nicht erwarten, Hans davon zu berichten. Doch kaum ist sie fertig, wiegt er zweifelnd den Kopf hin und her: Das ist schön und gut, sagt er, aber wir sollten es nun gemeinsam zu Ende denken. Wenn er diesen Satz ausspricht, schlägt in ihrem Kopf eine Tür zu; sie kann sagen, was sie will – er muss immer seinen abschließenden Punkt setzen. Sie weiß nicht, wie man sich behauptet, auf Art der Erwachsenen, wie man sich durchsetzt, Gehör verschafft – sie spürt nur ein Brodeln, ein unaufhaltsames Brodeln in sich, wenn er diesen Satz ausspricht.

Ihre Vorstellung von Familie hat sich lange darauf beschränkt, dass sie mit ihren Geschwistern ein Haus im Wald bewohnen würde. Schon als sie sechsjährig in der Küche stand und Kartoffeln schälte, baute sie in Gedanken das Haus, richtete es ein, während ihre Mutter tobte und wütete. Das Haus sollte sie nicht nur vor Unwetter schützen, sondern auch als stets verlässliche Zuflucht dienen, wenn sie angeschlagen und voller Wunden von ihren Ausflügen zurückkehrte.

Später dann die Vorstellung: Jemand würde sie brauchen. Doch dafür müsste er alt sein, krank, bettlägerig. Ihre Aufgabe wäre es, ihn zu pflegen; er hätte einen Hund, vielleicht auch zwei, mit denen könnte sie dann herumtollen. Es gab in diesem Entwurf keine Art von Zärtlichkeit oder Sexualität, wichtig war nur: Ein alter, kranker Mann würde sie nicht so schnell fortschicken.

Und nun gibt es Hans, es gibt ihren Sohn. Sie sagt sich oft: Was für ein Glück, ein gesunder junger Mann statt eines kranken Alten und ein gemeinsames Kind. Aber es sind nur Worte, in Wirklichkeit ist ihr Familienleben Schwerstarbeit, so kompliziert, als müsste sie Hieroglyphen entschlüsseln. In ihrem Innern, unter der letzten Rippe – sie hat es einmal genau erkundet –, sitzt ein scheußlicher Knoten, und immer wenn sie sich aufregt, löst sich der Knoten und verschießt rote Wutpfeile, und diese Pfeile haben so eine Wucht. Sie hat schon alles versucht, um diesem Zustand nicht ausgesetzt zu sein, hat sich Zeichen auf die Hand gemalt, Warnschilder in der Wohnung aufgestellt, ist durch den Wald gelaufen. Sie fragt sich, wo die Macht ihrer Mutter endet. Manchmal hat April das Gefühl, der Zorn ihrer Mutter würde wie eine Ascheschicht auf ihrem Herzen liegen. Als sollte sie nie frei atmen dürfen, als würde ihre Mutter noch immer versuchen, alles Gute und Lebendige in ihr zu vernichten.

Sie stellt sich auch die Frage, warum Hans ausgerechnet mit ihr zusammen ist. Sie sei sehr empfindsam, hat er einmal gesagt, und er könne sich vorstellen, dass sie ohne viel Aufhebens, einfach so, aus dem Fenster springen würde. Ohne viel Aufhebens? Ob er sie verwechselt? Möchte er, dass sie aus dem Fenster springt? Sie kann sich nicht vorstellen, von ihm getrennt zu sein. Er scheint Dinge über sie zu wissen, die ihr selbst verborgen bleiben.

Sie wäre gern wie diese anderen Mütter, die den Alltag anscheinend mühelos bewältigen, doch nichts ist ihr beschwerlicher als ein routinierter Tagesablauf, Spaziergänge im Park, Enten füttern oder Lamas anschauen. Es ist, als wäre dieses Leben eine Sache von Jahreszeiten und würde wie ohne ihr Zutun ablaufen.

April bereitet sich auf die erste Überprüfung ihres Arbeitsplatzes vor. Wie benimmt sich jemand, der nicht ganz richtig im Kopf ist? Was muss sie tun, damit sie weiter im Museum arbeiten darf? Sie flitzt über die langen Korridore, schlägt Rad, verharrt Ewigkeiten im Handstand an der Wand. Sie starrt ihr Gegenüber fragend an, als wüsste sie nicht mehr, wer da vor ihr steht. Ihre Freunde im Museum wissen Bescheid, die anderen Kollegen reagieren betreten oder schauen weg, wenn sie sich wie eine Irre aufführt. Doch es hätte dieser Vorbereitungen gar nicht bedurft: Die Kontrolleurin, eine ältere Frau, mit beachtlicher Kinnwarze, möchte nur wissen, warum April ihre Kollegen so großzügig mit Spitznamen bedacht hat. Die Frau verzieht keine Miene, als April ihr erklärt, dass der Kollege aus der Tischlerei nach Schweiß stinkt und sie ihn deswegen Atoll nennt, nach dem Deo. Der Überstudierte aus dem Magazin schwebt wie ein Wüstenschiff an ihr vorbei, deshalb ruft sie ihn Kamel, und ihre Chefin ist die Sanfte, weil sie an eine Figur von Dostojewski erinnert. April kann den Blick nicht von der Warze nehmen, sie möchte sie der Frau einfach aus dem Gesicht pflücken und wegschnipsen.

Alles in Ordnung, fragt die Frau.

April nickt. Alles ist in Ordnung, in allerbester Ordnung.

Du hast eine gute Idiotin abgegeben, sagt Silvester, Prüfung bestanden. Es hat dir ja richtig Spaß gemacht, und du hast kein einziges Mal Hans gesagt.

Als am nächsten Tag im Vorführsaal des Museums ein Treffen der Parteifunktionäre stattfindet, die sich einen Film über den Klassenfeind ansehen, kommt April auf die Idee, für einen Kurzschluss im Sicherungskasten zu sorgen. Als es im Saal dunkel wird, entsteht ein großes Durcheinander, laute, verwirrte Rufe schallen durch die Gegend, und April beobachtet alles wie einen gelungenen Streich. Sie feilt an ihren vermeintlichen Macken, schafft es sogar, auf Händen durch den Korridor zu laufen, im Anwesenheitsbuch hinterlässt sie statt Uhrzeit und Unterschrift lustige Zeichnungen. Bei der Feier einer Gruppe von Parteimitgliedern zerstört sie die mit Friedenstauben bedruckten Luftballons, blitzschnell sticht sie mit einer Nadel einen nach dem anderen ab, es dauert jeweils nur ein, zwei Sekunden, doch ihr kommt es unendlich lang vor. Die Feiernden reagieren zuerst verblüfft, dann wütend, als hätte April ihre Würde verletzt. Sie muss Silvester immer wieder erzählen, wie es knallte und die Funktionäre völlig schafsköpfig dastanden, in der Hand den Stock mit dem zerfetzten Gummi. Niemand stellt sie deswegen zur Rede. Doch als sie einmal im Sekretariat Zettel mit einem Spendenaufruf für einen jungen Kollegen verteilt, der seinen Armeedienst absitzen muss, wird sie einbestellt.

Setz dich, sagt die Kollegin, die April zu sich ins Büro zitiert hat, und rückt ihr einen Stuhl am Tisch zurecht. Dann teilt sie ihr mit, dass sie einen Verweis erhält, weil sie die Ehre der Nationalen Volksarmee beschmutzt habe.

Das ist doch nicht nötig, versucht April zu scherzen, als wären ihr drei Stück Kuchen auf einmal angeboten worden.

Die Kollegin schweigt.

Wir sind unter uns, du kannst mir den Verweis geben, aber du kannst auch ruhig zugeben, dass es Schwachsinn ist.

Ihre Kollegin macht eine abwehrende Geste. Es muss sein, sagt sie, ich stehe dazu.

April lässt nicht locker. Ein Zwinkern, sagt sie, nur

ein leichtes Zwinkern in meine Richtung, es sieht doch niemand.

Die Kollegin schüttelt nur knapp den Kopf.

Freitags treffen sich junge Leute bei Silvester und diskutieren über Kunst und Politik. April ist aufgeregt, als sie das erste Mal hingeht, es sind nur zehn Minuten zu Fuß von ihr bis zu seiner Wohnung im obersten Stock eines Abrisshauses. Die Tür ist angelehnt, auf dem Flur stehen zwei Frauen in Rauchwolken gehüllt und reden. Silvester sitzt mit einem bärtigen Mann am Küchentisch, er blickt nur kurz auf, als er sie entdeckt. Seine Ohren bewegen sich, wenn er spricht, sie stellt sich vor, wie sie zu ihm geht und ihn küsst, einfach so. Es versetzt ihr einen Stich, als ein Pferdeschwanzmädchen ihn stürmisch begrüßt. Sie geht zu den zwei Frauen im Flur und tut so, als würde sie zuhören, sie reden über den Kater aus dem Roman »Meister und Margarita«, dessen Name im Russischen Nilpferd bedeutet. April mustert die jungen Frauen und überlegt, ob eine von ihnen Anspruch auf Silvesters Schlafzimmer hat. Ich fände es dämlich, als Kater Nilpferd gerufen zu werden, sagt eine der beiden; April nickt flüchtig und sieht sich in der Wohnung um. Wenig Möbel, überall Bücher und Zeitungsstapel, sogar neben dem Herd in der Küche liegt ein aufgeschlagenes Buch. Sie trinkt von dem schwarzen Tee, isst eins der Schmalzbrote.

Als die anderen sich verabschieden, bleibt sie einfach sitzen, zündet sich noch eine Zigarette an, stellt den

Wasserkessel auf, als wäre sie hier zu Hause. Benommen von der Hitze und ihrem Mut sagt sie: Die Todesstrafe ist das Schlimmste für mich, und sie sagt es so, als würde sie ein gerade begonnenes Gespräch fortsetzen. Es ist das pure Grauen, weil man noch am Leben ist, wenn das Urteil gesprochen wird.

Sonst wäre es ja keine Todesstrafe, sagt Silvester.

Sie schwitzt, das Hemd klebt ihr auf der Haut. Aber kennst du das nicht, sagt sie, diese Ohnmacht, wenn jemand einfach über dein Leben verfügt. Und dann sogar über dein Sterben.

Du siehst müde aus, sagt er und geht ins Schlafzimmer.

Sie folgt ihm, als hätte sie Gewichte an den Füßen. Ein Stempel auf dem Papier und du bist tot, sagt sie. Das ist doch Irrsinn, du kannst nichts dagegen machen.

Silvester zieht sich aus, und dann steht er nackt vor ihr; während sie auf dem Bettrand sitzend versucht, sich mit der Jeans auch gleichzeitig ihrer Trainingshose zu entledigen.

Die Todesstrafe, sagt Silvester, und du willst trotzdem mit mir ins Bett?

Als April in den frühen Morgenstunden nach Hause läuft, fühlt sich ihre Stirn heiß an, als habe sie Fieber. Die Frau mit der Warze kommt ihr in den Sinn – alles in Ordnung, sagt sie leise, in allerbester Ordnung. Obwohl Hans ihr sehr deutlich zu verstehen gegeben hat, dass er niemals eifersüchtig sein wird, niemals!, sind ihre Schritte schuldbeladen. Wie soll sie sich später an den Frühstücktisch setzen, als wäre nichts geschehen?

Am nächsten Tag im Museum erzählt ihr Silvester einen Witz, wie immer mit todernstem Gesicht. Sie versteht den Witz nicht, auch so wie immer.

Freitags endet der Abend stets in seinem Schlafzimmer, und die Tage davor wartet sie auf den Freitag, malt sich aus, wie es sein wird. Wenn sie zu Hause nackt vor dem Spiegel steht, stellt sie sich vor, Silvester könnte sie so sehen. Sie wirft sich in verschiedene Posen und tut ganz gleichgültig dabei; das ist das Schwierigste an der Sache, es so aussehen zu lassen, als fühle sie sich ganz und gar unbeobachtet.

Hans scheint keine Veränderung an ihr wahrgenommen zu haben, er reagiert weder ungläubig noch gekränkt auf ihre Lüge, sie habe bei einer Freundin übernachtet. Es ist ihr fast unangenehm, dass er sie so behandelt wie immer, gleichbleibend freundlich.

Warum trägst du eigentlich immer diese hässliche Trainingshose, hat Silvester sie einmal gefragt, und wäre sie nicht vor Scham in den Boden versunken, hätte sie ihm womöglich geantwortet, sie fühle sich minderwertig, wie eine schlechte Ware. Ihre Mutter pflegte zu sagen, dass ein richtiger Mann sich nie mit ihr abgeben würde. Aber vielleicht ist Silvester kein richtiger Mann. Und überhaupt, all die Männer, mit denen sie zu tun hatte. Und was ist ein richtiger Mann? Sie weiß ja nicht mal, was eine richtige Frau ist.

Stundenlang liest sie in ihrer neuen Verslehre, und obwohl es sie langweilt, versucht sie durchzuhalten, rezitiert jambische Verse, als wären es magische Formeln: »Wer nie sein Brot mit Tränen aß«. Danach versucht sie es in diesem Versmaß mit eigenen Worten, doch das Gedicht kommt ihr kitschig vor:

Welch Mühsal ists auf ewig
verbannt zu sein ins eigne Fleisch,
Hirte sein und Schaf zugleich,
durch stets die gleiche Tür zu gehen
und nie das Draußen nah zu sehn,
befangen sein und bleiben!

Sie beginnt die Duineser Elegien auswendig zu lernen.

Warum machst du das, fragt Silvester gar nicht beeindruckt.

Dann hab ich die Verse im Kopf.

Wozu?

Stell dir vor, du bist auf einer einsamen Insel und hast kein Buch. Oder im Gefängnis, das gibt doch Trost. In ihren Ohren klingt diese Erklärung einleuchtend. Die ehrliche Antwort würde jedoch lauten, sie träume davon, ihn nicht mit ihrem Körper, sondern nur mit Rilke-Versen zu erobern.

Sie trinkt ihren Kaffee schwarz, raucht Karo, umgeben von blauem Dunst arbeitet sie an ihrer ersten Erzählung, sie kauft sich ein Notizheft und beschreibt alles, was ihr besonders auffällt. Raubvögel im Sturzflug, eine Kinderhand aus einem Fenster winkend, Träume und Albträume, eine Gestalt am Horizont, die näher kommt. Musik zu beschreiben ist das Schwierigste. Die kurzen Texte findet Silvester gelungener, das bist mehr du, sagt er, und obwohl sie sich nicht ganz im Klaren darüber ist, was er meint, freut sie sich. Sie hat das Gefühl, ernsthaft zu arbeiten, denkt über richtige und falsche Wörter nach, versucht Dinge nach ihrer Herkunft zu benennen. Sie kann nicht glauben, dass Rilke die Duineser Elegien mit kühlem Kopf geschrieben hat, doch die Art Fieber, das innere Glühen, das ihr vorschwebt, will sich nicht einstellen. Sie probiert es mit Schlafentzug, streunt bis zum Morgengrauen durch die Straßen, doch das führt bei ihr nur zu bleierner Müdigkeit und einem fruchtlosen Gedankenchaos.

Warum bewirbst du dich nicht bei diesem Institut für Literatur, fragt Silvester.

Sie ist erstaunt, dass er ihr zutraut, von einer Institution für tauglich befunden zu werden, und schickt die Bewerbung ab. Hans fragt sie nicht, sie will sich sein skeptisches Kopfschütteln ersparen.

11

Seit Tagen liegt sie mit hohem Fieber im Bett, sie hat eine Eierstockentzündung. Seit der Geburt von Julius schlägt sie sich damit herum. Manchmal hat sie das Gefühl, dass ihr Körper mit dieser Entzündung auf Hans reagiert, so kann sie sich ihm entziehen, wenn er mit ihr schlafen will. In ihren Fieberträumen steckt sie vom Bauchnabel abwärts in dem Gehäuse eines Stehaufmännchens, hat weder Füße noch Beine, steht nur trudelnd am Fleck. Die Träume sind so eindringlich, dass sie sich im wachen Zustand vorsichtig an die Füße fasst. Nachts schreckt sie immer wieder hoch, meint an ihrer eigenen Spucke zu ersticken. Tagsüber dringen Geräusche von Julius und Hans durch die Tür, ein mattes Dahintreiben von Worten, sie fühlt sich geborgen – es geht auch ohne sie. Im Fieber kann sie loslassen, die Anspannung löst sich, sie hat das Gefühl, aus einem eisernen Korsett befreit zu werden. Sie malt sich aus, was für eine gute Mutter sie sein wird, stundenlang wird sie

Julius Märchen vorlesen, sich geduldig sein Geplapper anhören, ihn lieben, wie sie ihn lieben sollte, ihm ein warmes Nest bieten. Und Hans will sie eine gute Frau sein – doch sobald sie einschläft, stürzt die behagliche Vorstellung zusammen, und sie steckt wieder im Gehäuse, steht trudelnd am Fleck.

Als sie kein Fieber mehr hat, ist sie um drei Kilo leichter. Du siehst aus wie ein Faden im Wind, stellt Silvester erschrocken fest. Sie kann vor Schwäche nicht mal lächeln, nimmt alles wie durch einen trüben Belag auf der Netzhaut wahr, die einfachsten Tätigkeiten fallen ihr schwer. Julius scheint seine Mutter gar nicht wiederzuerkennen, er betrachtet sie wie eine Fremde, die man ihm ungefragt vor die Nase gesetzt hat.

Im Museum sitzt sie frierend am Schreibtisch, ihre Füße stecken in einem elektrischen Heizschuh. Bei allem, was sie macht, ist sie nur halb bei der Sache. Sie hat Angst, Hans zu beleidigen, wenn sie den Mund öffnet – also schweigt sie. Abends geht sie wieder allein in die Stadt, trifft sich mit Irma in der »Csárdás«. Nach einigen Gläsern Wein zu viel kommt sie nachts einmal an einem Podest vorbei, auf dem die Fahnen aller Bruderländer für die Herbstmesse gehisst sind. Aus einer plötzlichen Laune heraus möchte sie die Fahnen runterholen. Sie klettert auf das Podest und beginnt an den Masten zu hantieren. Eine Fahne nach der anderen flattert zu Boden. Zufrieden betrachtet sie ihr Werk, setzt sich zwischen die Stoffhaufen, raucht eine Zigarette, sieht sich um und bemerkt, dass sie nicht allein ist. Wie aus dem Nichts steht ein Mann vor ihr. Erschrocken steigt sie vom Podest und lächelt den Mann an. Sein Gesicht bleibt leblos wie das einer Holzpuppe, er sagt kein Wort. Als sie wegläuft, heftet er sich an ihre Fersen. Sie setzt zu einem Sprint an und rennt, als wollte sie einen neuen Rekord aufstellen, aber sie kann ihn nicht abhängen. Feigling, ruft sie wütend, erbärmlicher Feigling, sie dreht sich kurz um und sieht ihm an, dass es ihm nichts ausmacht – das Recht ist auf seiner Seite. Mit einem lauten Schrei zwängt sie sich durch ein Gebüsch am Straßenrand, rennt über eine Wiese, spürt ihre Schritte langsamer werden. Der Mann ruft ihr etwas hinterher, auch er klingt wütend, rechtschaffen wütend. Sie entdeckt eine Baustelle, läuft kreuz und quer über Schutthaufen, Kabelrollen, schlägt Haken, kriecht in eine der großen Betonröhren, bleibt dort regungslos hocken. Nichts als Stille und Dunkelheit, dann aus der Ferne die Stimme des Mannes, freundlich, lockend. Doch darauf fällt sie nicht herein. Sie hält die Luft an, als könnten ihre Atemzüge sie verraten, und selbst als die Stimme des Mannes schon lange verstummt ist, bleibt sie in der Betonröhre hocken. Wind streift hindurch, es klingt wie das Rauschen in einer Muschel, die man sich dicht ans Ohr hält. Erst als Licht am Ende des Tunnels aufscheint, kriecht sie ins Freie. Die Sonne überzieht die Baustelle mit Helligkeit. April steht da und versucht sich zu orientieren, von allen Seiten geheimnisvolle Geräusche, ein kühler Hauch steigt vom Boden her auf. Als sie begreift, wo sie sich befindet, wie weit sie von Hans und Julius entfernt ist, begreift sie auch, dass ihre Sehnsucht nach Normalität nur gestillt werden kann, wenn sie es schafft, sich zu ändern. Dabei hat sie längst den Spruch von Pestalozzi in ihren Schreibtisch geritzt: »Wer sich nicht selber helfen kann, dem kann niemand helfen.«

Silvester hat im Museum gekündigt – er wird Theologie in Naumburg studieren –, und statt seiner sitzt ihr das Pferdeschwanzmädchen gegenüber, die junge Frau, die April schon in seiner Wohnung kennengelernt hat. Silvester ist Atheist, doch Theologie ist das einzige Studium, das Leuten wie ihm offensteht.

Leuten wie dir, was meinst du damit?

Das muss ich dir doch nicht erklären, sagt Silvester.

Ach, manchmal weiß ich nicht, was das Ganze soll, sagt April, wozu sich abmühen.

Mit solchen Gedanken verschwende ich nicht meine Zeit, sagt er. Du brauchst immer deine Portion Verzweiflung, oder?

Susanne, das Pferdeschwanzmädchen, will Papierrestauratorin werden; es wird eine Freundschaft auf den zweiten Blick. Sie sehen sich stundenlang die Fotos aus dem Archiv an, stellen sich vor, sie würden in diesen wilden Gegenden leben, kichern über Eingeborene, die ihren Penis mit einem Rohr verhüllen.

Sie bemalen Reißzwecken mit knallrotem Nagellack und verkaufen sie als Ohrringe; von dem Erlös kauft sich April einen Schal, den sie schon bald verliert. Sie schneiden sich gegenseitig die Haare, lassen Freundschaftsfotos anfertigen. Susanne näht Hosen und Hemden, eine Art Mao-Uniform, die sie zum Ausgehen tragen. Sie sprechen über Männer.

Ich finde männliche Unterarme erotisch, sagt April. Sie will originell sein, sich als Männerkennerin ausweisen. Doch Susanne sieht sie nur groß an.

Einmal bringt Susanne eine Mappe mit ins Museum, eine Untergrundmappe, die in Berlin herausgegeben wird. Hier, schau dir das an, sagt sie und reicht April die Mappe über den Schreibtisch. Darin liegen lose Blätter mit Gedichten, Erzählungen, Fotografien und Graphiken. April kann nicht beurteilen, ob die Texte gut oder schlecht sind, die Fotos gefallen ihr, bei den Graphiken ist sie sich nicht sicher. Das wäre doch ein Abenteuer, sagt sie, und Susanne pflichtet ihr bei, ja, das können wir auch.

Es geht ihr nicht darum, sich auf diesem Weg kritisch mit ihrem Land auseinanderzusetzen. April kann sich nur auf ihr Unrechtsbewusstsein verlassen, und natürlich empfindet sie jede Form von Zensur als ungerecht. Bei Diskussionen ist ihr oft unklar, auf welche Seite sie sich schlagen soll, aber sie ist eindeutig dagegen, im Dienst einer übergeordneten Sache ein Menschenleben zu riskieren. Es ist ihr egal, dass andere sie für eine altmodische Schlafmütze halten, wenn sie die Kaufhausbrände der Baader-Meinhofs als mörderisch und menschenverachtend bezeichnet. Diese Ereignisse spielen sich jedoch in einer anderen Welt ab, sie sind so weit weg, dass April sich ein Urteil erlaubt. Aber hier, wo sie zu Hause ist, ist ihr Blick getrübt, sie kann nicht klar sehen. Die Stasi-Geschichten kommen ihr aufgebauscht vor. Als bei der letzten Volksvertreterwahl zwei Leute vor Aprils Tür standen, um sie persönlich zur Abstimmung abzuholen, hat sie ihnen einfach die Tür vor der Nase zugeschlagen – und? Danach passierte nichts.

Die Vorstellung, eine solche Mappe zu gestalten, bereitet ihr Freude. Damit könnte sie der klappernden Öde entkommen, in der sie gerade feststeckt. Die klappernde Öde schaltet in ihrem Gehirn ganze Bereiche aus, und jeder Gedanke ist dann bloß ein Abziehbild des vorangegangenen.

Doch mit der Freude ist es auch so eine Sache, April scheitert schon an ihrem Unvermögen, einen Rundbrief an die Künstler zu verfassen. Sie schreibt so alberne Dinge wie: Ergüsse, wir würden uns über eure literarischen Ergüsse freuen. Sie nimmt weder sich noch die anderen ernst. Wer soll sich dadurch angesprochen fühlen?

Von wegen: Das wäre doch ein Abenteuer, das können wir auch. Was befähigt sie dazu? Sie sucht die Künstler persönlich auf und wird freundlich empfangen, bekommt Tee, Schmalzbrote, schon deshalb ein lohnender Ausflug. Sie tut ihr Möglichstes, um zu erklären, was sie will, sie hat die Mappe aus Berlin dabei. Bis zum Morgengrauen sitzt sie mit Malern, Dichtern, ganzen Familien am Küchentisch, es gibt jede Menge Ideen und Anregungen. Nach und nach fällt es ihr leichter zu sagen, was sie vorhat, und wenn Susanne dabei ist, sind sie ein eingespieltes Team. Sie wollen ihre Untergrundmappe »Anschlag« nennen, die Auflage soll dreißig Stück betragen.

Inzwischen haben sie ausreichend Fotografien, Graphiken und Texte für die erste Ausgabe gesammelt. Eine Auswahl treffen sie nicht, denn das hieße Zensur. Tagsüber tippen sie im Museum Gedichte und Erzählungen ab, mit Blaupapier schaffen sie in einem Durchgang vier Seiten, von den Graphikern und Fotografen erhalten sie die Arbeiten in dreißig Abzügen. Susanne hat einen blauen Einband aus Ölpapier entworfen und ihn dreißigmal hergestellt. Sie haben den Anspruch, eine richtige, gebundene Zeitschrift herauszugeben. Abends treffen sie sich in Susannes Wohnung, verkleben die einzelnen Blätter, lassen sie trocknen, dann werden sie gepresst. Zum Schluss wird jede Mappe noch einmal genagelt und der Rücken mit einem Zierband verklebt. Sie arbeiten still und konzentriert, ohne Pausen, und als die Mappen fertig vor ihnen liegen, ist das ein großartiges Gefühl. Sie verteilen ihren »Anschlag« an alle Künstler, die sich beteiligt haben, und an Freunde, die die Mappen reihum weitergeben. April würde sie gern Schwarze Paul, Sputnik und den anderen zeigen, doch sie ahnt, dass ihre alten Freunde darüber eher befremdet wären. Sie hört Schwarze Paul ihren Spitznamen rufen, Rippchen, Rippchen, was machen wir jetzt?

Sie besucht Irma und bringt ihr eine Mappe mit, die sie im Proberaum auslegen soll. Toll, sagt Irma, das habt ihr ganz ohne Männer geschafft. Sie trägt eine schwarz glänzende Kappe, und April würde ihr am liebsten sagen, dass sie immer mehr einer Hummel gleicht, einer friedfertigen Wehrstachelträgerin, sie würde am liebsten laut summen – so wenig kann sie Irmas anerkennenden Blick aushalten.

Der Vater von Hans ist in München gestorben. Als die Nachricht eintrifft, stellt sich heraus, dass Hans just in seiner Todesnacht vom Vater geträumt hat, obwohl er schon sehr lange nichts mehr von ihm gehört hatte. Die Brüder stellen gemeinsam den Antrag, an der Beerdigung teilnehmen zu dürfen. Sie haben zwar mit der Ablehnung gerechnet, aber dann reagieren sie doch fassungslos. Was für eine Anmaßung, sagt Hans, sie hat ihn noch nie so verärgert gesehen.

Wir sollten hier endlich verschwinden, sagt April zu Hans, wir sollten dieses Land verlassen. Sie sagt das ins Blaue, hat keine Vorstellung, was damit verbunden ist. Den Westen, das sogenannte kapitalistische Ausland, hat sie sich immer als eine Art Eispalast vorgestellt, wie im Märchen der Schneekönigin. Die Straßen, Gehwege, Häuserwände gefliest, darüber selbst im Sommer Raureif, dauerhaft wie Marmor. Die Menschen parfümiert, ohne Eigengeruch. Dennoch kann ihr keine Propaganda erklären, warum sie in einem Land bleiben muss, um das eine Mauer gezogen ist. Sie will selbst entscheiden dürfen, wo und wie sie lebt.

Zu ihrer Überraschung bedarf es keiner langwierigen Diskussion mit Hans. Das sollten wir tun, sagt er, offenbar hat er schon lange darüber nachgedacht.

Die Vorstellung, dass sie gemeinsam weggehen werden, bringt sie einander wieder näher. Sie sitzen morgens und abends zusammen, reden, diskutieren. April ist zumute, als sei ein trüber Schleier von ihrer Beziehung genommen.

Ihr erster Antrag wird mit der Begründung abgewiesen, dass dafür jede gesetzliche Grundlage fehle. In ihrem zweiten Schreiben beruft sich Hans auf die Menschenrechte. Von da an schreiben sie wöchentlich und erhalten immer dieselbe Antwort. Die Behördengänge erweisen sich schon bald als Farce, sie werden wie Kinder behandelt: Na, was haben *wir* uns denn dabei gedacht, einen Antrag wollen wir stellen, ts, ts, ts, na, so was aber auch. Hans verliert seinen Studienplatz. Nun müssen sie mit Aprils Lohn auskommen. Als es einmal wirklich knapp wird, erinnert sie sich an den Schmuck der beiden alten Frauen von der Haushaltsauflösung und geht damit in ein Antiquitätengeschäft, ohne sich große Hoffnung zu machen. Doch dann stellt er sich als echt und wertvoll heraus. Sie behält nur ein Kreuz aus Granatsteinen, für den restlichen Schmuck bekommt sie eine größere Summe und kauft im Exquisitladen die feinsten Dinge. Lachend erzählt sie Hans, dass sie reich sein könnten, hätte sie damals das ganze funkelnde Zeug eingesteckt.

Durch ihren Antrag auf Ausreise hat sich etwas grundlegend geändert: Sie gehören nicht mehr dazu. April begegnet beim Bäcker, in der Poliklinik und andernorts denselben Leuten, doch sie hat das Band gekappt, ist aus der Schicksalsgemeinschaft ausgestiegen. Das ist ihr sogar dann bewusst, wenn ihr Gegenüber nicht Bescheid weiß. Ihr Gefühl von Überlegenheit wechselt sich mit Angst, manchmal mit Wehmut ab: wieder ein Stück Unschuld verloren.

Nach einer Weile werden auch die wöchentlichen Behördengänge zur Routine. Immer noch treffen sich Hans und Reinhard einmal in der Woche mit Freunden, sie lesen Heidegger und diskutieren darüber. Die Treffen finden in Reinhards Wohnung statt, und wenn April zufällig dabei ist, sitzt sie mit Babs in der Küche. Die Männer bleiben unter sich, Mao der Kater wird in dieser Runde eher akzeptiert als eine Frau. April will aber unbedingt bei den Männern sitzen. Sie beginnt, Heidegger zu lesen, um mitreden zu können, und obwohl sie Wendungen wie »es west an« lächerlich findet, glaubt sie, das Gelesene zu verstehen. Beim nächsten Treffen sagt sie beiläufig etwas möglichst Tiefgründiges, und der Überraschungseffekt bleibt nicht aus. Reinhard sieht sie an, als hätte er Zahnschmerzen, Hans zeigt einen gewissen Stolz, schließlich ist sie sein Geschöpf, doch dann lachen die Männer prustend los, als wäre es ein Riesenwitz, dass ausgerechnet April den Namen Heidegger im Munde führt.

Ist was dran an dem Gedanken, kommentiert Hans hinterher, das mit der Begrifflichkeit der Zeit hat sie doch ganz gut ausgedrückt.

Ja, für eine Frau ganz gut, sagt Reinhard.

April weiß schon gar nicht mehr, was sie gesagt oder gemeint hat, natürlich ist ihr die Geringschätzung hinter dem scheinheiligen Lob nicht entgangen, trotzdem buhlt sie weiter um die Aufmerksamkeit der Männer.

Wenn April und Hans abends ausgehen, lassen sie Julius allein in der Wohnung zurück. Er ist inzwischen zwei

Jahre alt. Hans erzählt ihm eine Gutenachtgeschichte, und dann ziehen sie los, egal ob der kleine Junge wach ist oder schläft, sogar wenn er weint, schreit, bettelt. In ihrem Freundeskreis ist es durchaus üblich, die Kinder nachts manchmal allein zu lassen, und wenn sogar Hans sich darauf einlässt, muss es doch in Ordnung sein – so täuscht April sich selbst, wenn sie Julius im Dunkeln zurücklässt.

Immer wenn sie daran denkt, die Fenster zu putzen, kommt ihr der Ausreiseantrag in den Sinn, und sie lässt es bleiben. In diesem Sommer tragen die jungen Frauen lange, bunte Gewänder. Weil es keine dünnen Baumwollstoffe zu kaufen gibt, hat Susanne Windeln verarbeitet und daraus die schönsten Hippiekleider genäht.

Kirchenglocken in der Ferne, ein lauer Wind, sonst regt sich nichts. Neben April liegt ein junger Mann auf der Wiese, sein Brustkorb hebt und senkt sich gleichmäßig, sie streicht ihm eine Haarsträhne aus dem Gesicht. Sie hat ihn am Vorabend kennengelernt, auf einer Performance, mitten im Trubel hat er einfach ihre Hand genommen und sie durch das Gedränge nach draußen gezogen. Stundenlang sind sie durch die Nacht gelaufen, ehe sie die noch immer sonnenwarme Wiese entdeckten. Was für ein schöner Morgen, sagt sie zu dem jungen Mann, der die Augen geöffnet hat und sie ansieht. Der junge Mann hat gerade seine Lehre als Werkzeugmacher beendet, er heißt August, sein rechtes Auge ist kleiner als das linke und sieht irgendwie traurig aus.

Doch August ist alles andere als traurig, er sprüht geradezu vor Lebenslust, und sie fühlt sich neben ihm schon uralt, mindestens dreißig. Was für ein schöner Morgen, sagt nun auch August und küsst sie.

Sie will ihn mit ihrer Lebenserfahrung beeindrucken, doch sie war und wird nie so jung sein wie August, der die Arme hochreißt und sich streckt, als könnte er den Himmel mit links erreichen.

Er hat seine Wohnung gerade erst bezogen, auf dem Flur riecht es nach Räucherstäbchen, an der Wand prangen Fotos von nackten jungen Frauen in bescheuerten Posen – sie ist sofort eifersüchtig. Ein paar Tage später nimmt er die Fotos ab und hängt dafür Drucke alter Meister auf, einen Franz Hals, die sixtinische Madonna.

August ist Bassist und Sänger in einer Punkband, die Namen der Band wechseln ständig, seit Kurzem heißt sie Augustapril. Sie begleitet ihn gern zu seinen Auftritten, in Parkanlagen, Abrisshäusern oder stillgelegten Bahnhöfen. Seine Art zu singen oder singend zu brüllen versetzt ihr ein leichtes Beben im Unterleib, gleichzeitig löst seine Ungehemmtheit Neid in ihr aus: Nie wird sie so lässig sein können.

12

Eingabe um Eingabe an Honecker, Genscher, an all die Herren von Wichtigkeit.

Der Beamte gibt ihnen zu verstehen, dass sie niemals in den Westen ausreisen dürften, eher würde die Erde eine Scheibe werden; jeden Einwand schneidet er mit einem »Nein« ab. Nein, gibt es nicht, da haben *wir* uns beim Klassenfeind wohl falsch informiert?

In einer neuen Ausgabe vom »Anschlag« setzt April ein Zitat von Voltaire auf die erste Seite: »In manchen Ländern hat man angestrebt, dass es einem Bürger nicht gestattet ist, die Gegend, in der er zufällig geboren ist, zu verlassen. Der Sinn dieses Gesetzes liegt auf der Hand, das Land ist so schlecht und wird so schlecht regiert, dass wir jedem verbieten, es zu verlassen, weil es sonst die ganze Bevölkerung verlassen würde.«

Die Herausgabe ihrer Untergrundmappen ist für sie bisher ohne Folgen geblieben, was April in ihrer Annahme bestätigt, dass die Stasi-Geschichten übertrieben, wenn nicht gar erfunden sind, obwohl es zu einigen durchaus bedenklichen Begegnungen kommt. So wird sie auf der Straße von einem Mann angesprochen, der sie gerne fotografieren möchte, sie habe ein so schönes Lächeln. Wenn er ihre Augen oder ihre Haut gepriesen hätte, wäre sie ihm vielleicht auf den Leim gegangen, aber ihr Lächeln, das weiß sie genau, ist alles andere als schön; es ist gezwungen, vorsichtig, wie auf dem Sprung.

Ein anderer Mann kommt ins Museum und bietet ihr in seinem Lehrlingswohnheim eine Lesung an, er habe gehört, sie schreibe Gedichte und Erzählungen. Es ist ihre erste Lesung, die fünf Jungs, die ihr zuhören, sind angehende Elektriker, und sie kichern wie Mädchen. Sie legt den nötigen Ernst in ihre Stimme, doch die Jungs interessieren sich mehr für die Limonade und das Süßzeug, das sie als Bestechung fürs Zuhören erhalten haben. Nach der Lesung steckt der Mann ihr fünfzig Mark für ihre Mühe zu, nimmt sie vertraulich zur Seite und sagt: Traurige Gedichte, die Sie da schreiben, ich hoffe, ihre Einstellung zum Staat ist nicht ganz so traurig. April überlegt, wie oft er diese Sätze geprobt hat, ob auch andere Sätze zur Auswahl standen. Die fünfzig Mark sind immerhin eine Überraschung, da will sie ihm und der Stasi etwas bieten: Sie plane ein Attentat auf Ronald Reagan, den ultimativen Rausch für alle, FKK-Verbot für Funktionäre, und erst als der Mann hörbar nach Luft schnappt, beendet sie ihre Aufzählung mit dem Hinweis, dass sie sowieso an die Elfenbeinküste auswandern wird. Verstehen Sie, das Leben ist nicht traurig und meine Einstellung auch nicht, sagt sie, es gibt viel zu tun. Später überlegt sie, warum sie überhaupt eingeladen wurde, wegen dem Ausreiseantrag, der Untergrundmappe oder einfach, weil sie kein nützliches Mitglied der Gesellschaft ist?

Als sie Susanne davon erzählt, lachen sie sich schlapp, Hans ermahnt April zur Vorsicht. Sie berichtet auch anderen von ihrer Begegnung: Es ist ein unausgesprochenes Gesetz, Kontakte mit der Stasi sofort zu verbreiten.

Die kleine Frau mit der Warze taucht erneut im Museum auf, um ihren Status als Verrückte zu überprüfen. April lässt sie kaum zu Wort kommen, redet wie David von Farben, in ihrem Gehirn sei ein Farbsturm ausgebrochen, Aquamarin würde Zinnoberrot bekämpfen, und auf die Frage der Frau, wie sie sich fühle, antwortet sie: rabenschwarz. Noch während sie ihre kleine Vorstellung abliefert, behält sie im Hinterkopf den Gedanken, dass sie nicht übertreiben darf, denn wenn ihre Verrücktheiten ernst genommen werden, könnte sie in der Klapse landen, vielleicht sogar in der Geschlossenen.

Sie schenkt August zwei winzige Goldfische, die in einem gläsernen Weinballon schwimmen. Sie schickt ihm Telegramme mit Liebesgedichten und ihren Treffpunkten. Sie verschickt auch Telegramme an Freunde, mit scheinbar verschlüsselten Botschaften, und das nur, um sich über die Stasi lustig zu machen. Sie lernt einen Journalisten aus München kennen, der geradezu hingerissen ist von den vermüllten Straßen, dem Dreck, der Wäsche vor den Fenstern. Sie zweifelt an seinem Verstand. Das gefällt dir, fragt sie, und versucht mit Blick auf die grauen, ramponierten Mietshäuser zu erkennen, was sein Entzücken rechtfertigen könnte. Das ist wie in Venedig, ruft er und wirft vor Begeisterung die Arme in die Luft. Venedig hat sie sich ganz anders vorgestellt. Alles ist so echt, sagt er, unverfälscht und einfach, Kaffee und Bockwurst, eure Gastfreundschaft; man hat das Gefühl, in eine Wirklichkeit einzutauchen wie sonst nur noch bei den Russen.

Sie bittet ihn, ihr blaue Haarfarbe zu schicken, wenn er wieder in München ist; und auf wundersame Weise passiert das Päckchen tatsächlich alle Kontrollen. Sie lässt sich die Haare raspelkurz schneiden und sprüht sie mit metallblauer Farbe ein. Menschen bleiben bei ihrem Anblick stehen, deuten mit dem Finger auf sie, sogar Julius zeigt sich befremdet, als wäre ihr Auftreten unangemessen. Er wünscht sich eine normale Mutter, das spürt sie, normal mit allem, was dazugehört, verlässlich und anwesend, eine Mutter, bei der er nicht versuchen muss, Zeichen zu deuten.

Inzwischen erträgt sie es kaum noch, wenn Hans sie ständig korrigiert. In ihrer Wahrnehmung reagiert er wie ein Hund, der sofort seine Spur auf jeden ihrer Gedanken setzen muss. Wenn sie sich streiten, bleibt er stoisch, lässt ihre Vorwürfe an sich abprallen, am liebsten würde sie ihre Zähne in seine versteinerten Schultern schlagen. Sie sind beide durchdrungen von Starrsinn, Abscheu und einem Rest Liebe, stoßen sich gegenseitig ab und kommen dennoch nicht voneinander los. Sie fragt sich, warum sie mit ihm ausreisen soll und nicht mit August oder allein mit Julius.

Oft betrachtet sie Julius und denkt, sie müsste ihn mehr lieben. Einmal, an einem Sonntagmittag, schneidet er sich, während sie schläft, mit einer Nagelschere den Pony bis zum Haaransatz ab, setzt einen Hut von Hans auf und geht heimlich hinunter auf die Straße. Als sie ihn nach langem Suchen in einer Seitenstraße vor einem Schaufenster entdeckt, erkennt sie ihn zuerst nicht, sie sieht einen kleinen Fremden, der nichts mit ihr zu tun hat.

Freunde, Künstler, die April über die Arbeit für ihre Untergrundmappe kennengelernt hat, wollen während der Dokumentarfilmwoche gemeinsam vor dem Kino »Capitol« demonstrieren. Warum und wofür, fragt April, und aus den Antworten meint sie zu erkennen, dass es ihnen selbst nicht so klar ist: Für den Frieden, sagt eine schwangere Frau; Gerechtigkeit, sagt Susanne; warum nicht, sagt ein Maler. Frieden, welcher Frieden? Obwohl April das ziemlich kindisch findet, geht sie hin, mit einer Kerze, versteckt im Hosenbund. Sie wird von Polizisten angehalten, die wissen wollen, was sie in der Innenstadt vorhat: »Sie« wissen also Bescheid. Susanne sitzt neben der schwangeren Frau und den anderen in einem kleinen Kreis vor dem Kino, sie halten brennende Kerzen in den Händen und schweigen. April bringt es nicht fertig, sich zu ihnen zu setzen, die ganze Aktion ist ihr zu pathetisch. Sie beobachtet, wie die Menschen überrascht stehen bleiben, ein Raunen breitet sich aus.

Dann aber erscheinen plötzlich zwei Männer, springen in den Kreis, einfach so, und versuchen die Kerzen auszutreten. Die Männer sind wie normale Büroangestellte gekleidet und ihre Bewegungen wirken verkrampft. Wortlos zünden Aprils Freunde die Kerzen wieder an, reagieren nicht auf die provozierenden Sprüche, sie seien asozial und arbeitsscheues Pack. Die beiden Männer werden zunehmend nervös, trampeln wütend umher. Während Susanne und die anderen weiterhin still und gelassen ausharren, als hätten sie ein Schweigegelübde abgelegt, ist April aufs Äußerste angespannt. Ein großer Armeelaster hält vor dem Kino, Uniformierte springen heraus und rennen auf ihre Freunde zu, versuchen sie an Haaren, Armen, Beinen fortzuzerren. Noch mehr Uniformierte kommen angerannt, und als sie sieht, wie einer von ihnen auf die schwangere Frau einprügelt, ist April nicht mehr zu halten, sie springt dem Uniformierten auf den Rücken und verbeißt sich in seinem Nacken. Sie schlägt, kratzt, tritt, verliert sich in einem Wirbel aus angestautem Zorn, bis sie taumelnd zu Boden geht. Ihr Kopf dröhnt, ihre Unterlippe ist aufgeplatzt, mühsam rappelt sie sich auf und läuft davon. Sie läuft und läuft, findet sich am Ende in einem ihr unbekannten Viertel wieder.

Am nächsten Morgen ist sie noch immer außer Atem. Die Erlebnisse vom Vorabend kommen ihr unwirklich vor, doch ihr demoliertes Gesicht im Spiegel sagt etwas anderes. Hans reagiert kühl, du hast eine Familie, sagt er, sei vorsichtig, und was nützt uns der Ausreiseantrag, wenn du im Knast landest.

Später erfährt sie, dass Susanne und die anderen in Untersuchungshaft sitzen, und ihre Stimmung schlägt in Entsetzen um. Sie haben nur eine Kerze angezündet, nur eine Kerze.

Sie muss unbedingt mit jemandem darüber sprechen. Sie sagt Hans nichts davon, dass sie zu Silvester nach Naumburg fahren wird. Sie nimmt die oft benutzte Ausrede, dass sie bei einer Freundin übernachtet.

Sie sieht durch das Abteilfenster zerklüftete Berge an sich vorbeiziehen, Bäume mit Laub aus rostigem Gold, Fichten auf schiefergrau glänzenden Hängen, dazwischen kleine Gehöfte, das Wort Heimat kommt ihr in den Sinn.

Silvester wohnt unter dem Dach eines Abrisshauses. Er ist längst informiert über die Kerzenaktion vorm Kino, er war sogar eingeweiht. Silvester plant, sich öffentlich anzuketten und tagelang zu hungern, bis alle wieder frei sind. April ist befremdet, ihn so reden zu hören; sie würde zwar gern dazugehören, aber es käme ihr wie Betrug vor, sie würde sich dabei selbst nicht ernst nehmen.

Abends besuchen sie einen Musikprofessor, in dessen Wohnung sich Studenten treffen, um Musik zu hören und darüber zu reden. Diesmal ist Schönberg dran, und nachdem die letzten Töne verklungen sind, diskutieren sie mit großer Ernsthaftigkeit über Wahrheit und Disharmonie.

Am nächsten Morgen fährt sie mit Silvester nach Leipzig zurück. Sie stellen sich vor das Gebäude, in dem sie die Verhafteten der Kerzenaktion vermuten.

Silvester hält ein Feuerzeug hoch, knipst die Flamme in unregelmäßigen Abständen an und aus, er morst. Als sie ihn fragt, was er morst, sagt er: Würde, das Wort Würde. Es kommt ihr falsch vor, dass sie sich in Freiheit befinden und dieses Wort morsen, während die anderen nur zusehen können. Würde ist ein zu großes Wort für den, der draußen steht.

Nun hat auch Babs einen Ausreiseantrag gestellt – es scheint ansteckend zu sein. Ihr Vater wurde sofort von seinem Schiff aus Kanada eingeflogen, natürlich darf er nicht mehr als Kapitän arbeiten. Obwohl Babs mit dieser Art von Sippenhaft gerechnet hat, ist sie am Boden zerstört. Für ihren Vater hat die Hochseefischerei alles bedeutet, und ein treuer Parteigenosse ist er auch stets gewesen.

Ein Beamter fordert Hans ganz unverblümt auf, ihn mit seinen Anträgen zu verschonen und sich vorzusehen, nachts allein auf der Straße, er könne sonst einfach tot umfallen.

Die Teilnehmer der Kerzenaktion sind zu zwei Jahren Haft verurteilt worden. Diese Entscheidung kommt April nicht nur unangemessen, sondern auch hirnverbrannt vor: Eine solche Strafe muss doch jeden noch so großen Kindskopf zwangsläufig zu einem Revolutionär machen. Sie will Susanne besuchen, doch sie wird nicht vorgelassen.

April ist so wütend, dass sie wieder zu klauen beginnt. Sie hatte Hans zuliebe damit aufgehört. Nun fühlt sie sich ruhiger, fast entspannt, wenn sie den

Konsum vollgepackt verlässt, mit Brot, Butter, Käse, allem, was sie zum Leben brauchen. Sie klaut wie ein Weltmeister und rechtfertigt ihr Verhalten damit, dass sie aus diesem Land nicht rauskommt.

Die Arbeit am »Anschlag« führt sie ohne Susanne fort, sie schreibt ihrer Freundin lange, ausführliche Briefe.

Damit hat April nicht gerechnet: Sie ist für die Aufnahmeprüfung im Literaturinstitut zugelassen worden. Das hält sie zunächst für eine Finte, denn natürlich wird man dort von ihrem Ausreiseantrag wissen. April wird so oder so in den Westen gehen, und das gibt ihr ein Gefühl von Überlegenheit, auch wenn sie der Prüfung entgegenfiebert. Zehn Sätze, die sich ein sozialistischer Schriftsteller über den Schreibtisch hängen sollte – so lautet die Prüfungsfrage. Der Raum sieht aus wie ein Klassenzimmer, die Luft ist zum Schneiden, ungefähr zwanzig Leute sitzen an schmalen Zweiertischen. Aprils Nachbarin ist eine ältere Frau, die sofort nach dem Startzeichen zu schreiben beginnt. Als April auf deren Blatt linst, rückt die Frau von ihr ab, ohne sie eines Blickes zu würdigen.

Natürlich ist sie keine sozialistische Schriftstellerin, und Sätze über dem Schreibtisch findet sie ohnehin dämlich. Durch das offene Fenster dringt das Pfeifen der Stare. April kann einen riesigen Schwarm erkennen, der sich auf einer Rotbuche versammelt hat, es klingt für sie, als wollten die Vögel ihr etwas zurufen, spett, spett, ein Donnergesang aus tausend Kehlen – der Gesang legt sich über die zäh vergehenden Minuten, sie muss an Trakl denken, den sie gerade liest, was hätte der geschrieben? Ihr fällt nichts ein, sie gibt nur leere Blätter ab.

In den ersten Wintertagen schenkt August ihr den Sommer. Er hat die Wände seiner Wohnung mit bunten Blumen bemalt, auf dem Boden stehen Topfpflanzen, er hat sogar Erdbeeren aufgetrieben, Erdbeeren im Winter, das grenzt für sie an Zauberei. Sie lieben sich unter der knisternden Heizsonne. Es fällt ihr nach wie vor schwer, Begehren oder Freude zu zeigen. Ihr ist eher nach Heulen zumute, der Teppich kratzt an ihrem Rücken, sie liegt angespannt da, sieht durch das Fenster die Umrisse einer schneebeladenen Kiefer und ächzt laut auf, als wäre sie der Baum mit seiner kalten Last.

Wenn sie sich streiten, nimmt April das Glas mit den Goldfischen und verschwindet, doch sie kommt immer wieder. Seine Punkband heißt längst nicht mehr Augustapril. Läuft es eine Weile gut, wird sie misstrauisch, fordert ihn so lange mit ihren Provokationen heraus, bis die Fetzen fliegen und sie sich wieder auf vertrautem Terrain befindet.

Der Schnee glänzt einen Augenblick lang wie frisch lackiert, ehe er grau wird, so grau wie der Himmel. April macht sich jedes Wochenende auf den Weg ins Museum, weil sie nicht mehr weiß, ob sie den Heizschuh ausgeschaltet hat oder nicht. Der Anflug von Panik weicht Erleichterung, wenn sie aus der Straßenbahn steigt und das Museum wohlbehalten vorfindet. Es ist ein Teil ihrer Routine, die sie die Tage verbringen lässt, als hätte es nie einen Ausreiseantrag gegeben.

Der Sicherheitsbeamte des Museums bittet die Mitarbeiter einzeln zu sich. Als April ihm gegenübersitzt, starrt sie gebannt auf sein dünnes Haar, die Kopfhaut darunter zuckt. Herr Blümel kommt ihr in den Sinn, sie sollte sich bei ihm melden, denn sie hat gehört, dass Vitaminmangel so ein Zucken auslösen kann. Erst nach einer Weile begreift sie, was der Sicherheitsbeamte ihr mitteilen will: Im Falle einer Havarie, einer Naturkatastrophe oder beim Ausbruch des dritten Weltkrieges sei sie für die Evakuierung bestimmter Objekte aus dem Bereich Südostasien verantwortlich. Ein Bote würde sich bei ihr melden, sollte es zu einer dieser Heimsuchungen kommen, und ihr das Codewort sagen. Der Sicherheitsbeamte verstummt und sieht sie lange an. Das Codewort, fährt er fort, sei nur für ihre Ohren bestimmt und natürlich für die des Boten. Dann sagt er: Alpha drei, und seine Stimme klingt, als würde er beten, Alpha drei, bitte nicht vergessen, und behalten Sie es auf jeden Fall für sich.

Zunächst ist sie verunsichert, ihre Kollegen ebenfalls, sie wechseln betretene Blicke, niemand spricht die Sache an. Auch Hans weiß sich darauf keinen Reim zu machen. Heimsuchung? Dritter Weltkrieg? Alpha drei? Sie fragt sich, ob tatsächlich eine reale Gefahr besteht, doch nichts deutet darauf hin, auch in den Westnachrichten nicht. In der Nacht läuft sie schlaflos durch die Wohnung, sitzt am Bett von Julius, lauscht seinen Atemzügen. Doch bei Tageslicht erscheint ihr die ganze Angelegenheit eher lächerlich und nach genauerer Überlegung regelrecht verrückt.

In der Mittagspause bleibt sie am Eingang der Kantine stehen, betrachtet den Direktor, den Sicherheitsbeamten – die ganze Besatzung sitzt rauchumwölkt beim Kaffee. Sie ruft dem Sicherheitsbeamten laut zu: Alpha drei, ich grüße Sie. Es wird still, und sie wiederholt laut und deutlich: Alpha drei. Das ist mein Codewort, ich habe es nicht vergessen.

Nach diesem Vorfall bestellt der Sicherheitsbeamte wieder jeden Mitarbeiter einzeln in sein Zimmer und erklärt die Aktion für abgeblasen. April wird als Einzige nicht einbestellt; ihr Status als Verrückte erweist sich ein weiteres Mal als Schutz.

Der Frauenarzt hat ihr eine Kur in Karlovy Vary verschrieben, dort könne sie ihren Unterleib wieder auf Vordermann bringen. Er sagte wortwörtlich: Vordermann.

Während der Zugfahrt gießt es in Strömen, sie kommt sich ganz aufgeweicht vor, obwohl sie im Trockenen sitzt. Kaum hat sie sich in der Klinik angemeldet, bekommt sie ihr Zimmer zugewiesen und muss gleich zur Blutabnahme. Im Untersuchungsraum versucht sie, ihr Unbehagen mit einem Scherz zu überspielen, doch die junge Schwester sagt nur: Stillhalten, bindet April den Oberarm ab und betupft ihre Armbeuge mit einem feuchten Wattebausch. Ihr tschechischer Akzent erinnert April an die Stimme aus einem Märchenfilm. Sie dreht den Kopf weg, spürt einen Piekser, die Schwester zerrt an ihrem Arm herum, klopft auf die Haut, nimmt sich den anderen Arm vor – vergebens.

Sie haben Angstvenen, sagt die Schwester, die rollen einfach weg.

Angstvenen, fragt sie.

Es gibt Schlimmeres, sagt die Schwester.

April wird zum Arzt geschickt, er möchte sie sprechen. Der Name des Arztes lautet Dumas. Sie wagt nicht zu fragen, ob er mit dem Schriftsteller verwandt sei.

Sie sind ja nur Haut und Knochen, sagt er, keinen Appetit?

Sie beantwortet folgsam seine Fragen. Sie sei immer so dünn, egal, wie viel sie esse, in der Regel schlafe sie sechs Stunden, ja, sie sei Raucherin, eine Geburt ohne Komplikationen, von Allergien wisse sie nichts.

Dr. Dumas blättert ihre Akte durch, dann sieht er sie an und sagt, wir werden Sie aufpäppeln, eine Hormonkur, Muskelaufbau, wir werden eine richtige Frau aus Ihnen machen.

Eine richtige Frau, fragt sie.

Eine mit allem, was dazugehört, sagt er.

Sie zuckt fragend die Schultern, spürt ihre Wangen rot werden.

Na, was wünschen Sie sich denn?

Sie weiß nicht, ob sie ihn ernst nehmen kann. Was soll sie sagen? Mit einer solchen Frage hat sie nicht gerechnet.

Typisch Frau, sagt er und lacht laut, wenn es darauf ankommt, habt ihr keine Worte.

Sie geht in ihr Zimmer und ist gerade dabei, ihre Tasche auszupacken, als die junge Schwester atemlos die Tür aufreißt und sagt, sie solle sich sofort noch einmal im Sprechzimmer melden.

Dr. Dumas sitzt hinter seinem Schreibtisch und bietet ihr nun den Sessel vor dem Fenster an. Er teilt ihr mit, dass ihr Ausreiseantrag bewilligt wurde und sie unverzüglich nach Hause zu reisen habe.

Sie ist verwirrt, fragt nach, ob es sich vielleicht um einen Irrtum handelt.

Den Anruf habe er gerade aus Berlin erhalten, vor drei Minuten, vielleicht auch vier.

Dass ausgerechnet ein Dr. Dumas ihr die Nachricht übermittelt, mutet April wie ein Wunder an. Doch warum überhaupt die Fahrt nach Karlovy Vary? Ist das alles, was »sie« ihr antun können, eine mickrige Verunsicherung?

Im Zug fühlt sie sich, als hätte sie einen Einberufungsbefehl erhalten oder wäre aus heiterem Himmel von einem Ballspiel ausgeschlossen worden. Vielleicht hat sie nie damit gerechnet, dass ihre Forderung erfüllt wird. Sie steht am Fenster, starrt auf eine Wand aus Dunkelheit. Ihr geht durch den Kopf, dass sie nun nicht dicker, keine richtige Frau werden wird, ohne Trainingshosen. Sie hätte sich so gern aufpäppeln lassen.

13

Babs und Reinhard helfen bei den Umzugsvorbereitungen. Bücher müssen aufgelistet, jeder Gegenstand sorgfältig beschrieben werden.

Den genauen Termin werden Sie noch früh genug erfahren, das höhnische Lächeln des Beamten ist diesmal verrutscht.

Reinhards Behördengänge sind bisher erfolglos geblieben, obwohl er seinen Ausreiseantrag viel früher gestellt hat. Ich komme mir vor wie auf einem Abstellgleis, sagt er.

Die Wintertage ziehen sich, auf den Bordsteinen Schneematsch, Berge von Dreck. April sitzt gerade in der Straßenbahn, als sie glaubt, ihren Vater vor dem Bäckerladen stehen zu sehen. An der Haltestelle steigt sie aus und läuft zurück. Sein Anblick überrascht sie so sehr, dass sie auf ihn zustürzt und ihn wortlos umarmt. Ihr Vater braucht eine Weile, ehe er begreift, wer da vor ihm steht. Doch dann erkennt er sie, du bist es, sagt er, meine Tochter, dass ich das noch erlebe. Einer seiner üblichen Sprüche, denkt sie, doch das kann ihre Wiedersehensfreude nicht trüben. Sie müsse sich unbedingt seine neue Wohnung ansehen, sagt er, und sie willigt ein, nimmt unter dem dünnen Regenmantel seinen Altmännerbuckel wahr, die gealterte Leidensmiene, und schon fängt er mit den üblichen Geschichten an, als müsse er den Raum zwischen ihnen ausfüllen. Seine Wohnung macht einen sauberen Eindruck, das registriert sie sofort, auf dem Sofa zwei Kissen mit einem Knick, neben dem Relief einer barbusigen Schönheit hängt ein Kunstdruck von Van Goghs Sonnenblumen, auch die Küche ist aufgeräumt. Doch hinter dieser Ordnung meint sie die Anstrengung ihres Vaters zu spüren, nicht bloß zu existieren, ein Quäntchen Freude zu empfinden, und die allergrößte Anstrengung: nicht über den Rand der Welt zu kippen. Es kostet ihn Kraft, das durchzuhalten, das weiß sie genau, aber eines Tages wird er die ganze mühsam aufgerichtete Fassade wieder einreißen, das ist so sicher wie das Amen in der Kirche – es braucht nur den richtigen Auslöser, um den Säufer und Zerstörer zurück ans Ruder zu lassen.

Setz dich, sagt er, wohin du willst. Auf das Sofa? Oder lieber auf den Stuhl? Ich hab noch Suppe von gestern.

Danke, ich hab schon gegessen, sagt sie.

Er zündet sich eine Zigarette an und erzählt ihr, dass er täglich spazieren gehe, bei Wind und Wetter, trinken erst ab siebzehn Uhr, bis dahin keinen Tropfen, und er lese wieder, bilde sich. Als er von ihrer Mutter reden will, unterbricht sie ihn.

Hast du eine Arbeit, fragt sie.

Ihr Vater wischt die Frage mit einer Handbewegung beiseite, die kriegen mich nicht, sagt er, und sie hat eine ungefähre Vorstellung, was er damit meint.

Er öffnet seinen Schrank, und als er das Gesuchte findet, reicht er ihr einen Umschlag. Hab ich aufgehoben, sagt er.

In dem Umschlag befindet sich eine herausgerissene Schulheftseite, an den Kanten schon brüchig, doch sie erkennt ihre Kinderschrift: Lieber Vater, steht da, wenn du mich nicht endlich holen kommst, werde ich Flaschen sammeln und von dem Geld nach Amerika abhauen. Oder willst du mich nicht?

Er stellt ihr sonst keine Fragen, und sie erzählt ihm nichts von Julius oder ihrer Ausreise. Als sie ihm zum Abschied sagt: Ich komme bald wieder, ist das vollkommen aufrichtig gemeint.

Sie erhalten den endgültigen Termin für ihre Ausreise. Noch achtundvierzig Stunden, dann müssen sie das Land verlassen. Der Teddy von Julius sitzt reisefertig neben seinem kleinen Koffer. Hans hat sich den Bart abrasiert. Nur sie hat nicht das Gefühl, dass etwas zu Ende geht. Sie will die verbleibende Zeit sinnvoll nutzen und rennt doch nur kopflos durch die Gegend, mit einem flauen Gefühl im Bauch.

Sie will August einen Abschiedsgruß hinterlassen, etwas, das ihn an sie erinnern soll. Mit ihrer letzten

Dose blauer Haarfarbe geht sie die Wege in seiner unmittelbaren Nachbarschaft ab, entdeckt eine geeignete Hauswand in Sichtweite seiner Wohnung. Zuerst fällt ihr keine Botschaft ein, dann entscheidet sie sich für ihre Glückszahlen und sprüht 7 x 34 an die Wand. Sie versucht sich noch an einem kleinen Schiff, das vom Himmel fällt. Sie tritt zurück, begutachtet ihr Werk, und noch während sie sich den überraschten August vorstellt, hört sie Geräusche hinter sich, ein Auto hält, Türen werden zugeschlagen, sie spürt, noch ehe sie sich umdreht, dass etwas nicht stimmt. Sie hat den Impuls wegzulaufen und dreht sich dennoch um, Uniformierte stehen hinter ihr. Der Schreck fährt ihr mit aller Wucht in die Glieder, sie begreift sofort, was sie da verbockt hat, und versucht verzweifelt, das Ganze als Scherz auszugeben. Es ist ein Liebesgruß, sagt sie, das lässt sich leicht wieder wegwischen, da genügt ein Eimer Wasser und eine Bürste. An den Mienen der Uniformierten kann sie jedoch ablesen, dass Wegwischen keine Option ist. Aschfahl steigt sie in das Polizeiauto, und auf dem Revier sitzt sie starr vor Entsetzen, wiederholt ihre Worte gebetsmühlenartig: Sie gehöre keiner Gruppe an, es sei das erste Mal, dass sie eine Wand besprüht hat – am liebsten würde sie ihre Hand zum Schwur heben. Das Verhör dauert Stunden, ihre Panik wächst, sie muss nach Hause, sie hat keine Ahnung, ob die Polizisten über ihre Ausreise Bescheid wissen, soll sie es ansprechen oder nicht? Von draußen schwappt Dunkelheit durchs Fenster. April sitzt in einer Blase, die größer und größer wird, bis sie zerplatzt. Dann spricht sie es aus, und die Polizisten starren sie an, als wäre sie eine entlaufene Irre. Was? Ein genehmigter Ausreiseantrag? Morgen ist Ihre Ausreise? Die Stimmen der Polizisten umkreisen April, warum sie das nicht eher gesagt habe? Sie muss sich Mühe geben, nicht gleich loszuheulen. Sie verbietet sich, an Hans oder Julius zu denken, sie denkt nur: Es ist schlimm, es ist richtig schlimm. Aber dann darf sie gehen. Verschwinden Sie, hauen Sie ab, zieh'n Sie Leine, knurrt der Polizist. Selbst draußen auf der Straße kann sie es nicht fassen: wieder einmal davongekommen. April wandert ziellos umher und fühlt sich, als wäre sie zu lange unter Wasser gewesen. Sie geht in die Hocke, legt den Kopf auf die Knie, spürt ihr Herz hämmern und atmet tief aus. Als sie den Kopf hebt, sieht sie auf der anderen Straßenseite ein Tier – eine Katze oder einen Marder? Als es näher kommt, erkennt sie einen Fuchs. Er überquert die Straße und bleibt ein paar Schritte von ihr entfernt stehen. Sie versucht sich zu erinnern, was sie in *Brehms Tierleben* über Füchse gelesen hat, vergeblich. In ihrem Kopf herrscht Leere. Dann setzt sich der Fuchs wieder in Bewegung, ganz gemächlich, wechselt die Richtung und biegt in eine Seitengasse ein.

April verabschiedet sich auf dem Bahnsteig von Freunden und Bekannten. Sie kommt sich vor wie eine Marionette: Auf Wiedersehen, ich melde mich, tschüss, mach's gut, als hätte sie nur einen langen Urlaub vor sich. Sie verspricht August, sich mit ihm in Prag zu treffen. Auch Hans nimmt von seinen Freunden Abschied, und als er anschließend August die Hand reicht, scheint er immer noch keinen Verdacht zu hegen. Der Zug fährt ab, April will nicht losheulen, und deshalb zerlegt sie ihre Freunde auf dem Bahnsteig in Einzelteile. Sie lächelt und winkt zum Fenster heraus, während Irma wie eine vertrocknete Hummel auseinanderfällt, Silvesters Innereien sich auf dem Boden verteilen und August auf blutigen Kniestümpfen umherhüpft, ohne Arme und ohne Kopf.

Hans und Julius haben ein freies Abteil gefunden, sie bleibt auf dem Gang und zieht das Fenster herunter, hält den Kopf in den Fahrtwind. Sie versucht sich die Landschaft einzuprägen, als wäre die Erinnerung bald das Einzige, auf das sie zurückgreifen kann. Sie muss daran denken, wie ihr Vater erzählt hat, dass er und somit auch sie mütterlicherseits von Störtebeker abstammen würden und väterlicherseits von einem berühmten Husaren, einem Teufelskerl ohnegleichen, dessen Name ihm nie einfiel. Ob ihr Vater auf sie warten wird, auf ihren Besuch? Sie denkt an Schwarze Paul, an Sputnik, sie nimmt sich vor, ihnen zu schreiben.

Der Himmel ein stählernes Blau, ferner noch als sonst. Sie versinkt in dem rhythmischen Rattern des Zuges, ihre Augen tränen vom Fahrtwind. Eine einzelne Birke auf einer Schotterhalde erscheint ihr so deplatziert wie sie selbst. Erschöpfung übermannt sie wie Schlaf, sie weiß nicht, wie lange sie so dasteht, und als zwei Grenzbeamte sich nähern, verspürt sie zuerst das übliche Unbehagen, dann bloße Angst; in ihrem Koffer sind die Untergrundmappen versteckt. Die Grenzbeamten, ein Mann und eine Frau, folgen ihr ins Abteil. April versucht, Julius' erschrockenes Gesicht auszublenden. Sie setzt sich an den Fensterplatz. Während die Grenzbeamten ihre Sachen filzen, verliert sich ihr Blick im dunstigen Tageslicht, dann beginnt sie, die Wagen eines Güterzugs zu zählen, der in die Richtung fährt, aus der sie kommt, in ihre Heimat, Nicht-mehr-Heimat. Sie reicht der Grenzbeamtin ihre Entlassungsurkunde und schaut wieder aus dem Fenster, sie muss daran denken, dass der Westen für jeden DDR-Bürger, der ausreisen darf, eine Art Kopfgeld zahlt. Sie fragt sich, ob der Güterzug im Austausch für sie Kohlen transportiert oder gar ein Auto, wie viel mag sie wert sein?

Halten Sie Blickkontakt, sagt die Grenzbeamtin.

April bietet ihr ein demonstrativ steifes Lächeln, nimmt die Urkunde wieder entgegen, dreht sich erneut zum Fenster.

Blickkontakt! Der Ton der Grenzbeamtin ist eisig. Blickkontakt, wiederholt sie. April nimmt die offene Verachtung im Gesicht der Frau wahr und muss schlucken. Trotzdem wendet sie den Blick nicht ab, sieht die Grenzbeamtin direkt an, hält den Blickkontakt, bis die andere wegsieht.

Werd doch endlich mal erwachsen, sagt Hans, als sie wieder unter sich sind.

Sie sieht ihm die Erschöpfung an und schweigt. An der Grenze bleibt der Zug stehen, sie hören Hunde bellen, metallische Geräusche auf den Gleisen. Sie bewundert Hans' Geduld, die rührende Fürsorge für seinen Sohn. Sie ist froh, dass Julius wenigstens in ihm ein funktionierendes Elternteil hat.

Komm her, sagt sie zu Julius, setz dich auf meinen Schoß. Sie spielen: Ich sehe was, was du nicht siehst. Als sie wieder fahren, bemerkt April nach einer Weile, dass die Atmosphäre sich verändert hat, sie erscheint ihr weniger bedrohlich. Die Zollbeamten aus dem Westen wirken verschlafen, freundlich, aber vielleicht sind sie auch nur gleichgültig, das kann April nicht richtig einschätzen.

Als der Zug in Westberlin hält, sehen sie einander an, ehe sie aussteigen; nun ist nichts mehr rückgängig zu machen, besagen ihre Blicke. Sie sind müde und gespannt zugleich. Auf dem Bahnsteig hat April das Gefühl, einen riesigen Lampenladen betreten zu haben, das grelle Licht schmerzt in ihren Augen. Sie meint die Stromleitungen summen zu hören, doch das Summen ist in ihrem Kopf. Zunächst bleiben sie alle drei unschlüssig stehen, Lichtkaskaden fallen auf sie herab.

Wie Weihnachten, sagt Julius.

Sie gehen einfach los, setzen Schritt für Schritt auf einen unbekannten Boden, es dauert Stunden, ehe sie sich ins Aufnahmelager durchgeschlagen haben. Sie bekommen ein Zimmer zugeteilt, fallen sofort ins Bett. Zerschlagen wacht April im Morgengrauen auf, Tausende Gedanken jagen ihr durch den Kopf, beherrscht von dem einen: Sie können unmöglich zurück. Dabei will April gar nicht zurück, aber sie weiß auch nicht, was sie hier soll. Sie sind in einem Zimmer mit zwei Doppelstockbetten untergebracht, es gibt dazu einen kleinen Tisch, zwei Stühle, ihre Koffer stapeln sich neben der Tür. Sie frühstücken in einem großen Saal, die Leute kommen ihr aufgescheucht vor, Westkaffee, hört sie, es gibt Westkaffee. April empfindet zu ihrem eigenen Erstaunen Widerwillen, es sind doch ihre Landsleute, ähnlich hilflos wie sie selbst.

Das erträumte Gefühl von Freiheit stellt sich auch in den nächsten Tagen nicht ein. Sie bekommen einen Laufzettel, auf dem ihre Stationen verzeichnet sind: Alliierte Sicherungsstellen, Sozialamt, Kleiderkammer, christliche Mission, Orte und Stellen, von denen sie noch nie gehört haben.

Nein, April kennt keine Militärgeheimnisse, hatte keinen Kontakt zum Politbüro, leider, hätte sie beinahe hinzugefügt, um den rothaarigen Amerikaner zu trösten, der einen weiteren missglückten Versuch abhakt, etwas über das Feindesland zu erfahren. Sie muss wieder an ihren Vater denken, der bestimmt die eine oder andere spannende Geschichte erfunden hätte, und empfindet ein flüchtiges Gefühl von Verlust. Immer wieder verstummt April mitten im Satz, als hätte ihre Sprache hier eine andere Bedeutung. Die Fragen, die ihr gestellt werden, hören sich falsch an.

Es kommt sogar vor, dass sie ihren Namen vergisst, wenn sie einen der zahlreichen Anträge unterschreiben soll. Sie bekommt Hautausschlag, weiß bisweilen nicht, warum sie gerade ein Formular ausfüllt, und steht am Ende mit einem Staubsauger, Bettwäsche oder einer Bibel da. April wünscht sich das schmale grüne Büchlein zurück, in dem ihr bisheriges Leben verzeichnet war:

Schule, Ausbildung, Krankheiten. Später wäre dort ihre Rente eingetragen worden und ihr Sterbedatum. Das Ausmaß an Bürokratie, dem sie sich ausgesetzt fühlt, löst bei ihr eine derartige Abwehr aus, dass ihr Körper regelrecht bockt. So läuft sie gegen eine Glastür und schlägt sich die Stirn auf, zerquetscht ihren rechten Zeh, rammt sich eine Gabel in die Hand, stolpert über einen Rehpinscher, der daraufhin seine spitzen Zähnchen in ihre Wade schlägt.

Doch es ist Julius, der ernsthaft erkrankt. Sie schleppen ihn überall mit hin, er wartet wie sie in kalten zugigen Korridoren und bekommt eine Lungenentzündung. Hans und sie bemerken das erst, als sein Fieber gefährlich gestiegen ist. Der Arzt verschreibt Antibiotika, und April sitzt nächtelang an seinem Bett, legt ihm Wadenwickel um, hört ihn im Schlaf mit den Zähnen knirschen. Es kommt ihr vor, als ob Julius an ihrer Stelle erkrankt wäre, einerseits, um sie zu entlasten, andererseits will er ihnen zeigen, dass er mehr Fürsorge braucht. Sie vertrösten ihn auf später, sie sind selbst so überfordert von dieser neuen Gegenwart, dass sie ihn nach seiner Genesung allein im Zimmer zurücklassen, wenn sie etwas zu erledigen haben. Bei ihrer Rückkehr erwartet sie meistens eine Überraschung: Julius wollte das Essen vorbereiten, er hat ihre Vorräte geplündert und auf dem Boden verstreut, ein anderes Mal hat er die Tapeten mit bunten Zeichnungen bemalt.

Die Auswahl in den Supermärkten erschlägt April, am liebsten würde sie sich nur von den Gläschen mit Seelachsersatz ernähren, sie schlingt das rötliche, öltriefende Zeug hinunter, bis sie nicht mehr kann. Julius wähnt sich im Schlaraffenland und lässt sich immer wieder neue Tricks einfallen, um etwas mitgehen zu lassen; an der Kasse unterzieht sie ihn stets einer Leibesvisitation.

Sie haben von einem Psychiater gehört, der den Ausgereisten aus dem Osten ohne viel Aufhebens einen Krankenschein ausstellt; das ist wichtig, um das Arbeitslosengeld, das sie später beziehen werden, zu verlängern. Der Warteraum ist überfüllt, die Dialekte sind April vertraut, und kurz glimmt ein Gemeinschaftsgefühl auf: Wäre alles wunschgemäß gelaufen, müsste keiner von ihnen in diesem Wartezimmer sitzen – aber immerhin, man hat es bis hierher geschafft.

April weiß nicht, ob und wie sie dem Arzt etwas vorspielen soll, doch als sie ihre Symptome aufzählt, stellt sie fest, dass sie tatsächlich nicht schlafen kann, dass ein Nebel ihr ständig den Blick verstellt. Nach ihren Erwartungen befragt, fällt ihr keine brauchbare Antwort ein; auch später nicht, als sie allein ist und sich selbst die Frage stellt.

Das Gesicht in ihrem neuen Ausweis ist April fremd. Besondere Merkmale: keine. Sie hat Heimweh. Immer wieder lässt sie Hans mit Julius allein und geht zum Grenzübergang. Immer wieder bekommt sie den Ausweis mit dem Argument zurück, sie sei eine unerwünschte Person. Auch wenn sie damit gerechnet hat, schnürt ihr die Enttäuschung die Luft ab. Der Ablehnungsstempel auf dem eingereichten Tagesvisum ist ein Dokument ihrer Demütigung. Eins, zwei, drei, vier und auf Wiedersehen. Sie wollen noch eine Demütigung? Bitte! April meint in den Gesichtern der Grenzbeamten Schadenfreude wahrzunehmen: Was, du willst hier rein? Erst raus und dann wieder rein? Pustekuchen, du Wurm. Du hast dein Land verraten.

Als sie das erste Krankengeld erhält, geht sie in einen Buchladen, der etwas versteckt neben einem Seitenausgang des Bahnhofs liegt, stöbert stundenlang herum, ohne zu wissen, ob sie in einer Art Vorhölle oder im Paradies gelandet ist. Die Vielzahl der vor ihr ausgebreiteten Schätze beunruhigt sie, wie soll sie hier eine Entscheidung treffen? Nach nächtelangem Grübeln kauft sie eine Werkausgabe von Beckett, in blaues Leinen gebunden, und ein Kinderbuch für Julius, das sie an ein Buch aus ihrer Kindheit erinnert.

14

Nach zwei Monaten haben sie eine annehmbare Wohnung gefunden, drei Zimmer im Erdgeschoss, vor dem Balkon ein winziger Garten, vierhundertdreißig Mark Warmmiete. Der Frühling bricht ohne Vorboten durch das Grau der letzten Märztage. Während Möwen im hellen Tageslicht kreischen, kommt der Lastwagen mit ihren Möbeln an. April hat sich darauf gefreut, all die vertrauten Dinge wieder zu sehen, die Wohnung damit einzurichten, doch beim Auspacken stellt sich nur Fremdheit ein. Die Bücher haben einen modrigen Geruch angenommen, sehen im Regal neben den neuen Büchern verschlissen aus.

Als sie Telefon haben, wählt sie eines Nachts die Nummer der »Csárdás« und spricht mit Irma, danach ist ihr übel vor Heimweh. Tagelang wird sie von der Sehnsucht nach ihrem alten Leben gequält. Sie kann sich auf nichts konzentrieren, und jeder Versuch, Munterkeit zu zeigen, verkommt zu einer Art Parodie: Sie lacht zu schrill, hastet rastlos umher, zwischendurch sitzt sie da und heult. Manchmal steht sie irgendwo und hat keine Ahnung, wie sie dort hingekommen ist, als wäre sie von einem großen Maul verschluckt und dann wieder ausgespien worden.

Hans tut so, als wäre alles in Ordnung. Wenn er April berührt, schiebt sie seine Hand weg. Sie sprechen nie darüber, wie es ihnen geht, gemeinsam, allein, sie haben dafür keine Worte. April schluckt ihr Unbehagen hinunter, bis sie so unter Strom steht, dass sie alles herausbrüllt. Manchmal sieht sie Hans an und versucht herauszufinden, was er überhaupt von ihr erwartet oder von sich selbst. Sie kann weder ihre Liebe noch seine mehr fühlen. Am liebsten würde sie die Liebe in Flaschen abfüllen, um bei Bedarf Tropfen für Tropfen parat zu haben.

Immerhin kann sie sich zur Fahrt nach Prag aufraffen, um August zu treffen. In einem seiner zahlreichen Briefe hat er ihr seine abgeschnittenen Fingernägel geschickt, April hat sie angeekelt die Toilette hinuntergespült. Seine Punkband heißt inzwischen ATA, nach dem Scheuersand, und all seine neuen Songs sind April gewidmet. Er schreibt, dass er sie liebt, sich nach ihr sehnt. Sie weiß nicht, was sie sich von dieser Begegnung verspricht, sie spürt kein Verlangen nach ihm, höchstens nach einem Stück ihres alten Lebens. Sie erzählt Hans, sie wolle in Prag eine Freundin treffen; ein schlechtes Gewissen hat sie nur, weil er sich schon wieder allein um Julius kümmern muss.

Als sie August vom Zugfenster aus erblickt, fällt ihr

zuerst auf, wie grau er wirkt, grau und längst nicht so jung, wie sie ihn in Erinnerung hat. Seine Angewohnheit, die Zigarettenkippe mit dem Finger durch die Luft zu schnipsen, findet sie nicht mehr charmant, und auch sonst entdeckt sie an ihm nichts, was sie zum Aussteigen bewegen könnte; sie will ihn nicht umarmen, keine seiner Fragen beantworten. Sie versteckt sich in einem leeren Abteil und hält sich die Ohren zu, als er laut ihren Namen ruft.

Auf der Rückfahrt steht sie über die Zugtoilette gebeugt und würgt in den Abgrund unter ihr. Später auf dem Gang hört sie aus den Abteilen Satzfetzen und Lachen, dann einen Schrei, der in ihrem Schädel nachhallt, und sie weiß nicht mehr, ob sie wirklich hier ist oder sich in einem ihrer zahllosen Zugträume befindet: Immer fährt sie in die falsche Richtung, wird von ihrem Platz vertrieben oder versäumt es, rechtzeitig auszusteigen.

Nach der Reise verlässt sie kaum noch das Bett. Sie schläft lange, steht gar nicht erst auf und vertieft sich in Groschenhefte. Die Geschichten darin erinnern sie an die Schreibversuche ihres Vaters. Sie kann sich auf keine anderen Bücher mehr einlassen, nur noch auf diesen Schund, den sie gierig in sich aufsaugt, den verlogenen Schund vom Glück und einfachen Leben. Das Schlafzimmer bleibt ungelüftet, sie isst kaum, höchstens den rötlichen Lachsersatz. Hans hat sich von seinem ersten Krankengeld ein Radio mit einer grellgrünen Skala gekauft, stundenlang sitzt er davor und versucht, neue

Sender einzustellen. April hat das Gefühl, mit Hans in einer Schattengemeinschaft zu leben, sie kennen hier niemanden außer sich selbst. Ob sie deshalb noch zusammen sind?

Unter dem Bett von Julius entdeckt sie ein richtiges Warenlager: sorgfältig aufgereihte Süßigkeiten, Buntstifte, Tiersticker. Ihr ist sofort klar, dass er die Sachen gestohlen hat. Sie muss ihn gar nicht fragen, dafür erinnert sie das Versteck zu sehr an ihr eigenes, nur hatte ihr Diebesgut damals nicht in so vielen Farben gefunkelt. Obwohl sie sich leicht in Julius hineinversetzen kann, stellt sie ihn mit einem bitteren Unterton zur Rede. Sie will keine Ausflüchte hören, nur die Wahrheit. Sie betrachtet Julius mit dem kalten Blick ihrer Mutter. Sie erkennt sein Entsetzen, seine Ungläubigkeit, während sie ihn mit harschen Worten niedermacht. Die Verletzungen, die sie ihm so beiläufig, fast unbeabsichtigt zufügt, werden wie eigenständige Organe in ihm wachsen. Niemand weiß das besser als April, sie kennt das Gefühl der Demütigung, des Verrats nur allzu gut.

Hans kann den Vertrauensarzt nicht dazu bringen, ihn weiter krankzuschreiben. Als ungeübter Lügner hält er seine Lügen so klein wie möglich, während sie nur ihre dünnen Handgelenke vorzuweisen braucht, ihre Magerkeit, sie könnte glatt zum Flug ansetzen mit ihren Schulterflügeln.

Hans hat sich seit ihrer Ausreise verändert, er gibt nicht mehr vor, als Einziger den Durchblick zu haben.

Sie warten hier nicht auf einen, sagt Hans, als er von

seiner Arbeitssuche zurückkommt. Er hat sich in der Oper vorgestellt, in einem kleinen Theater, ist einfach so hingegangen, ohne einen Termin.

Du hast wahrscheinlich nur mit dem Pförtner gesprochen, sagt April und kann ihre Überraschung nicht verbergen. Was ist los mit dir?

Hans mustert sie, als hätte er sie noch nie gesehen, und sie muss an ihren Vater denken, an seinen Satz: Ein Mensch ist ein Mensch. Diesen Satz sagte er, wenn er am Ende war.

Was ist los mit dir?, wiederholt sie.

Ich kann immer noch was anderes machen, sagt er.

Was denn?

Wird sich schon was finden. Sein Lächeln bleibt schmal. Ich habe es nicht nötig, mich zu verkaufen, sagt er, niemals werde ich mich anbiedern, das lässt mein Stolz nicht zu. Es ist keine Schwäche, fährt er fort, ich will mir treu bleiben, verstehst du?

Sie hat keine Ahnung, was treu in diesem Fall bedeutet, auch nicht, ob er ihr oder sich selbst etwas vorspielt, und doch begreift sie, dass seine Angst vorm Scheitern so groß ist, dass er lieber aufgibt und sein Versagen mit moralischer Überlegenheit verbrämen will.

Hans findet Arbeit bei einem Buchclub, er steht auf der Straße und wirbt Kunden. Kommt er nach Hause, verlangt er einen gedeckten Tisch und beschwert sich, wenn seine Hemden nach dem Waschen nicht ordentlich auf der Leine hängen. Abends beim Essen erschöpft es April schon, ihn anzusehen, sie muss sich klarmachen, dass da Hans sitzt, ein Mensch, den sie mal geliebt hat. Er habe noch nie geweint, hatte er ihr kurz nach ihrer ersten Begegnung stolz erzählt, und das erscheint ihr im Nachhinein nicht mehr als Zeichen von kindlichem Eigensinn, sondern einfach nur traurig.

Sie erwacht aus ihrer Lethargie, geht nachts zum Bahnhof Zoo, schaut in den druckfrischen Zeitungen nach Jobs. Bald bewirbt sie sich auf mehrere Putzstellen und wird genommen, weil sie glaubhaft versichern kann, dass sie ein Reinlichkeitsgen in sich trägt.

Ihr erster Arbeitgeber, ein großer, massiger Mann, öffnet die Tür nur einen Spalt. Er trägt einen Schlafanzug und hält eine Tafel Schokolade in der Hand, sein Gesicht ist ganz verschmiert. Erst nach einer Weile lässt er April eintreten, begrüßt sie knapp und überlässt ihr die Wohnung mit der Aufforderung, sie solle sich ihrer annehmen, sie wisse ja Bescheid, er erwarte eine überaus hochwertige Arbeit. April versucht, sich ihre Irritation nicht anmerken zu lassen, sie begreift schnell, dass der Mann seinen eigenen Kosmos bewohnt. Während sie das Bad reinigt, dringt sein lautes Palaver durch die Wände, von einer Fachkraft ist die Rede, und nein, er habe noch nicht überprüfen können, ob sie den Ansprüchen genügt. Erst als seine Stimme verschiedene Tonlagen annimmt, sie ihn sprechen hört wie eine launische Frau, wird ihr klar, dass er nicht telefoniert. Später sieht sie ihn auf dem Sofa liegen, sein Zeigefinger kreist durch die Luft, natürlich eine Fachkraft, sagt er, die Zeugnisse werde er sich zeigen lassen. Sein

Ton wird demütig, ja, Mutter, sagt er, aber hast du dich denn nie geirrt? Die Antwort der Mutter scheint unerbittlich, und ihr Sohn schweigt für eine Weile in diesem aussichtslosen Kampf. Er schaut mit halb geöffnetem Mund in die Luft, dann hievt er sich keuchend hoch, bleibt aufrecht stehen, schreit: Verdammt, halt's Maul. April sieht seine Unterlippe zittern vor Hass.

Ihre anderen Putzstellen sind vergleichsweise normal: Eine alte Frau im Rollstuhl beobachtet sie auf Schritt und Tritt, entdeckt selbst am makellos geputzten Fenster noch einen Fleck oder die Andeutung einer Schliere; eine andere Frau verdächtigt sie, eine kleine Figur aus Meißner Porzellan zerstört zu haben, Aprils Beteuerungen, die Figur sei schon kaputt gewesen, nützen nichts; ein Mann zahlt ihr den vereinbarten Lohn nicht aus, weil er sie plötzlich nur auf Probe haben will.

Auch der große, massige Mann lässt sie beim Putzen nicht mehr aus den Augen, verschwindet zwischendurch nur für ein paar Minuten, um Bericht zu erstatten, einmal bezeichnet er April als eine Dreckschleuder, ja, du hattest recht, sagt er, sie ist ganz und gar unzuverlässig, vergisst die Ecken, ein Ferkel, eine Dreckschleuder, hinterlässt nur eine einzige Sauerei.

Nach der Arbeit geht April spazieren, erkundet unbekannte Viertel und versucht, sich den anderen Teil der Stadt hinter der Mauer vorzustellen, versucht, die Straßen weiterzudenken, wo sie hinführen, wo sie enden. Sie steht neben Touristen auf einem Podest und schaut rüber in den Osten. Nichts, was ihr noch vertraut wäre.

Die Bewegungen der Grenzsoldaten werden ihr erst jetzt in ihrer ganzen Gefährlichkeit bewusst, bis in den Gleichschritt hinein. Sie muss an David denken, an seinen Plan, mit einer Leiter Richtung Mauer zu gehen, um sich dort erschießen zu lassen, und sie begreift, wie wirklichkeitsnah seine Vorstellung war.

Sie läuft den Kudamm entlang, in einem Schaufenster jongliert eine halb nackte Eva mit Äpfeln, im Kaufhaus des Westens wird ihr übel von den Geruchsinvasionen, sie muss nach draußen, wo sie sich über einem Abfallkorb erbricht. Sie mag die Freiräume zwischen den Häusern, nutzlose Orte, die etwas Schwebendes haben, ein Trost für die Augen. Im Tiergarten sieht sie Menschen still dastehen, den Blick erhoben oder ins Leere gerichtet, andere boxen in die Luft oder rennen einsame Runden. Da, wo sie herkommt, wird Fußball gespielt, man geht mit Freunden schwimmen oder stellt sich am Ende einer Warteschlange vor dem Konsum an.

Frühmorgens fallen April die zerlumpten Gestalten auf, die vor dem Bahnhof liegen oder sitzen und gähnend auf die vorüberziehenden Schuhe starren, deren Besitzer zielstrebig zur Arbeit eilen. Auch sie ist Besitzerin solcher Schuhe – reine Glücksschuhe, in den Augen der Betrachter, für die April keine passende Bezeichnung weiß: Arbeitslose, Bettler, Penner, Habenichtse. Sie entschließt sich, denen etwas zu geben, die gar nichts besitzen, nicht mal ein Kunststück vorführen können. In einem der Bettler meint sie ihren Vater zu erkennen, doch beim näheren Hinsehen entdeckt sie nicht die geringste Ähnlichkeit.

15

April und Hans legen ihre Arbeitszeiten so, dass immer einer zu Hause bei Julius sein kann.

Seinen vierten Geburtstag feiern sie im Zoo.

Welches Tier möchtest du sein, fragt sie ihren Sohn.

Eine Muschel, sagt er. Und du, Mama?

Sie umarmt ihn, küsst ihn stürmisch. Ich? Ein Langschnabeligel. Sie hat die Abbildung in *Brehms Tierleben* noch genau vor Augen.

Wie sieht der aus, fragt Julius.

Auf den ersten Blick wie ein Elefantenjunges mit ganz vielen Stacheln. Und er hat eine dünne, lange Zunge, die man für einen Wurm halten könnte.

Julius nimmt ihre Hand und die von Hans, einen Augenblick lang wirken sie wie eine ganz normale, glückliche Familie.

Als April die stolpernde Gestalt das erste Mal sieht, kommt sie ihr wie ihr männlicher Zwilling vor. Nicht dass der Mann ihr ähnelte, es ist seine Art, sich zu bewegen: ein Dahintaumeln, Straucheln und Sich-Erheben. Obwohl er sehr dünn ist, wirkt es, als würde er von einer schweren Last niedergedrückt. Insgeheim nennt sie ihn Artur, sie kannte einmal einen herrenlosen Hund, der so gerufen wurde. Artur hat ein uraltes Kindergesicht, das er greinend verzieht, wenn sein Körper ihm nicht gehorchen will, wenn er springt, strampelt, boxt, mit einem einzigen Ausfallschritt die Grätsche macht. April würde am liebsten auf ihn zugehen und sagen: Lass doch. Sie sieht Artur täglich in der Markthalle, wenn sie am Gemüsestand steht oder beim Bäcker. Er zieht einen kleinen Wagen mit Kisten hinter sich her oder sammelt Abfälle ein, sie hat keine Ahnung, welche Stellung er hier hat, es ist, als gehöre er zum Inventar. Niemand nimmt Anstoß an seinen ausufernden Schritten und seinen übermütigen Sprüngen.

Julius spielt oft draußen, er hat Freunde in seinem Alter gewonnen. Er bringt einen verwahrlosten Hund mit nach Hause, eine hässliche Kreatur, die anderntags von selbst wieder verschwindet, dann schleppt er eine fette Katze an, die nachts in der Speisekammer sieben Junge wirft, der Katzenfamilie folgt eine Amsel mit gebrochenem Flügel. Ihr Sohn wird Experte für bedürftige Tiere, doch dann wendet er sich den Pflanzen zu, streut mit Saskia, einem Mädchen aus dem Haus, Sonnenblumenkerne im Vorgarten aus.

April kommt mit der Mutter des Mädchens ins Gespräch. Die junge Frau arbeitet in einer Bar und findet gerade keine Betreuung für Saskia, ob ihre Tochter bei Julius übernachten könne? Ja, warum nicht, sagt April, die sich über die neue Bekanntschaft freut. Marie, so heißt die junge Frau, erzählt mit tonloser Stimme von ihrem gewalttätigen Mann und ihrem Herzen, das keine Aufputschmittel vertrage, weswegen sie niemals Kaffee trinke oder Schwarztee.

April folgt schon bald Maries Einladung, sie in der Bar zu besuchen. Nach reiflicher Überlegung hat sie sich für ein grün-rot kariertes Männerhemd und ihre uralte Levi's entschieden. Die Bar öffnet erst eine Stunde vor Mitternacht, und April ist der einzige Gast. Marie lächelt ihr hinter der Theke entgegen: Schön, dass du kommen konntest. Die Bar erinnert April – bis auf die Spiegelwand – an das ehemalige Wohnzimmer ihres Vaters, als er monatelang an der Ostsee kellnerte und sich in einem winzigen Kabuff aufhielt, mit verblichenen orangefarbenen Gardinen vor dem Fenster. So hat sie sich eine Bar im Westen nicht vorgestellt. Die Decke ist mit Wellblech verkleidet, die Theke aus hellblauem Sprelacart, aber die Getränke kosten laut Karte ein Vermögen. Das erste geht aufs Haus, sagt Marie. Doch April hat keine Ahnung, wie sie sich entscheiden soll, die vielen Namen auf der Karte, und dann die Preise dahinter.

Ich such dir was aus, sagt Marie und macht sich ans Werk. Sie schüttelt den Shaker wie eine Tänzerin und gießt die geheimnisvolle Mixtur in ein Glas, das sie mit einem Salzrand verziert. So etwas hat April noch nie gekostet, es schmeckt ganz anders als Wodka-Cola.

Nach und nach trudeln weitere Gäste ein, sie sehen nicht gerade frisch aus. Marie erklärt ihr, dass die Bar eine Absturzbar ist, in der die Gäste ihre Nacht beenden, nachdem sie andere Lokale besucht haben.

April bestellt sich noch eine Margarita, so heißt das Getränk, und behauptet erfolgreich ihren Platz an der dicht umdrängten Bar. Sie spürt, wie der Alkohol nach und nach ihre Anspannung löst; etliche Margaritas später und um das Geld einer Putzschicht ärmer, torkelt sie selig heimwärts.

Marie ist vierundzwanzig, genauso alt wie April, sie haben im selben Monat Geburtstag. Marie wird ihre Freundin. Sie gehen mit Julius und Saskia ins Freibad, erzählen sich inmitten von Kindergeschrei und pausenlos rauchend Episoden aus ihrem Leben.

Marie liegt mit geschlossenen Augen neben ihr. Ein Scheißkerl, sagt sie und meint damit ihren Mann Rafaelo. Er ist Italiener, Gitarrist in einer Band und hat ihr erst neulich ein Veilchen verpasst.

April kann sich nicht vorstellen, von einem Mann geschlagen zu werden. Ich würde ihn zermalmen, sagt sie und stellt sich vor, wie sie es tut.

Du hast keine Ahnung, sagt Marie, er ist eisenhart. Sie zieht sich ohne Spiegel die Lippen nach; sie erinnert April an eins der Modemädchen aus den Illustrierten. Oh Gott, fährt Marie fort, du hast wirklich keine Ahnung. Sie erzählt April, dass er ihren Schmuck versetzt hat. Es ist mir egal, sagt sie, Hauptsache, er lässt mich in Ruhe.

Das kenn ich, sagt April, mein Vater war auch so.

Solche Versager, murmelt Marie und fächelt sich Luft zu, und dann kommen sie wieder angekrochen, ich hab es satt, so satt.

Schick ihn doch endgültig zum Teufel, sagt April und betrachtet ihre neue Freundin, die so lebendig aussieht, so schön, nur der Mund, über dem ein Bärtchen aus Schweißperlen steht, wirkt müde.

Ja, das sollte ich tun, sagt Marie und schaut in die Wolken, als würde sie dort eine Botschaft lesen, nur für ihre Augen bestimmt.

Aber es gibt auch die andere Marie, die ihren Panikanfällen hilflos ausgeliefert ist und dann starr vor Angst im Bett liegt. Es überkomme sie einfach, versucht sie zu erklären, als April nach einem dieser Anfälle neben ihr am Bettrand sitzt, es sei wie Ertrinken. Sie versucht, Marie zu trösten, und ist erstaunt über ihre Abwehr, das Gefühl vom Ertrinken kennt sie, am liebsten würde sie Marie ohrfeigen und ihr sagen, sie solle sich zusammenreißen.

Einmal hört April von ihrer Wohnung aus Marie erbärmlich schreien, und als sie die zwei Stockwerke hocheilt und an der Tür klingelt, öffnet ihr Rafaelo. Willst du was, fragt er, hebt die Hand und tritt ihr entgegen. Während April Stufe um Stufe zurückweicht, stößt er laute Verwünschungen aus, klagt die Frauen an, das Leben, alles nur Täuschung.

Ich konnte dir nicht helfen, sagt sie später zu ihrer Freundin, er hätte auch mich plattgemacht.

April versäumt keine ihrer Putzschichten, obwohl sie ganze Nächte in der Bar verbringt, wenn Marie dort arbeitet. Hans bleibt freiwillig bei Julius, sie ist ohnehin lieber ohne ihn unterwegs, sie würde sich sonst beobachtet vorkommen, sobald sie mit unbekannten Männern spricht. Kurz vor Mitternacht trudeln die ersten Stammgäste ein, bunte Gestalten, die was mit Kunst zu tun haben: ein angehender Schriftsteller, etliche Musiker, eine Fotografin mit schweren Augenlidern, die Kinokartenabreißerin, gefolgt von einem Verehrerpulk, der Mann, auf dessen Glatze sich eine kleine Plastikdose mit Kaffeesahne befindet. Auf Aprils Frage, wie er das Döschen befestigt hat, sagt er: Dies ist kein Döschen, sondern ein Portionssahner. Als sie sich eine Antwort überlegen will, steht längst jemand anderes neben ihr. Die Inhaberin der Bar, Suse, eine rothaarige Frau, steigt bei guter Stimmung auf die Theke und lässt einen Hula-Hoop-Reifen um ihre Hüften kreisen. Während die Männer ihre Beine begutachten, mustert Suse die Männer von oben, als nähme sie Maß für ihre Särge. Mit der ureigenen Logik der Betrunkenen werden Geschichten erzählt, Pläne entworfen, Träume für tauglich befunden. Der angehende Schriftsteller steckt April Adressen für Stipendien zu, ein Mann aus der Musikbranche, von allen Franzl genannt, bietet ihr einen Job an. In den Gesprächen geht es um Ruhm, Geld, Ehre. Es geht aber auch um die Vorzüge bestimmter Mineralwassersorten, und sie ist überrascht, wie ernsthaft darüber diskutiert wird. Unter dem Himmel aus Wellblech verstreichen die Stunden in einem eigenen Tempo,

Freundschaften und Verbrüderungen halten bis in den frühen Morgen, manchmal auch bis zum Nachmittag.

Ein junger Mann im Matrosenhemd spendiert April eine Margarita nach der anderen, sie spürt die Sommerhitze, und wie sie langsam betrunken wird – weißt du was, sagt sie, lass uns die Hemden tauschen.

Gute Idee, sagt er zu ihrer Verblüffung und mustert ihr kariertes Männerhemd, das sie wie ein Zelt umhüllt. Auf der Toilette ziehen sie sich aus, stehen sich halb nackt gegenüber. April schlüpft in das Matrosenhemd, ohne auf seine Blicke zu achten. Sie gefällt sich in diesem Hemd, trägt es den ganzen Sommer lang.

Doch jene Nächte sind nur eine kurze Schonzeit. Wenn April morgens die Bar verlässt, erwarten sie die Tagesstunden schmerzhaft grell, sie geht nicht gern nach Hause. Sie möchte sich von Hans trennen, doch sie weiß nicht, wie. Beim Öffnen der Wohnungstür hält sie die Luft an und atmet erst richtig aus, wenn Hans schon zur Arbeit gegangen ist. Dann legt sie sich zu dem schlafenden Julius und wartet, bis er wach wird. Übermütig, noch immer betrunken, macht sie mit ihm ihre Späße, legt eine Schallplatte auf und tanzt mit ihm, und er darf ihr Matrosenhemd tragen. Doch wenn sie mittags aufsteht, meidet Julius ihre Nähe, er spielt oft draußen, und sie ruft ihn erst zur Essenszeit. Das ist Aprils Vorstellung von Geborgenheit: Als Kind bis in die dunklen Abendstunden herumtoben dürfen und dann müde nach Hause kommen, wenn schon das Essen wartet. Sie bereitet gern die Teller für ihn und seine Freunde vor: Tomaten, die wie Fliegenpilze aussehen, verzierte Eier, Gurkenschlangen. Seine Freunde übernachten bei ihm, und natürlich Saskia; manchmal spielt April mit ihnen, jagt sie um die Häuser, versteckt sich, erschreckt die Nachbarn. Gemessen an ihrer eigenen Kindheit erscheint ihr das Leben von Julius – keine Prügel, kein Keller – fast geborgen. Und doch spürt sie seine Angst, wenn sie vor Anspannung nur noch um sich schlagen kann, wenn sie wortlos aus der Wohnung stürmt und durch die Straßen rennt, als würde sie verfolgt, verfolgt von sich selbst, einem ein Meter vierundsiebzig großen Tornado, der sie voller Zerstörungswut niederwalzt. Als trauriges, stummes Gespenst kehrt sie dann zum Schrecken ihres Sohnes in die Wohnung zurück.

Sie möchte, dass Hans sie nicht mehr liebt, dann fiele ihr eine Trennung leichter. Sie lässt sich gehen, sitzt abends schmuddelig und schmatzend am Tisch, doch er scheint weder sein Lieblingsessen zu vermissen noch ihr verwahrlostes Aussehen zu bemerken. Ihre Bewegungen sind träge, sie gibt nur ein störrisches Grunzen von sich, wenn er sie etwas fragt. Sie kümmert sich nicht mehr um den Haushalt, lamentiert ohne Unterlass, mit immer schriller werdender Stimme: Kotzübel sei ihr, ihre Seele überschwemmt von Scheiße, und überhaupt komme sie sich vor wie tot, wie nie geboren, ein alter Strumpf. Hans denkt aber gar nicht daran, sich zu entlieben, stattdessen plant er eine gemeinsame Reise an den Gardasee.

Im Wörterbuch steht unter Liebe: Anziehungskraft, Magnetismus, vor Sehnsucht vergehen, herzbetörend, sein Wohl oder Wehe erwarten, Wonnemond. Die Gegenwörter sind: Abneigung, Ekel, Gleichgültigkeit, Hass.

April meint sich zu erinnern, dass es in Polen einen Fluss gibt, der Liebe heißt. Es gibt keinen Plural für die Liebe.

Liebst du mich noch, fragt sie Hans.

Ja, sagt er.

Aber warum?

Warum? Hans klingt überrascht.

Ja, warum.

Ist eben so, sagt er.

Was bedeutet es, fragt sie sich, dass er sie liebt, obwohl sie ihn nicht mehr liebt. Und warum fragt er sie nicht. Ist es ihm egal?

Manchmal möchte sie ihn schütteln, ihm sagen, dass er es ohne sie viel besser hätte.

April schafft es nicht, die Reise zum Gardasee abzublasen, redet sich ein, sie und Hans seien ohnehin nur noch Freunde, redet sich ein, sie wolle Julius nicht enttäuschen.

Aber schon die Hinfahrt ist ein Desaster. Hans rast mit dem klapprigen Datsun, seinem ersten eigenen Auto, über die regennasse Autobahn, als wolle er ein Rennen gewinnen, und im gleichen Tempo kanzelt er sie ab. Warum sie so uninteressiert sei. April beteuert das Gegenteil, Hans wirft ihr Heuchelei vor. Sie wundert sich über seine Wut, sie selbst bleibt erstaunlich gelassen, sie hat keine Lust, sich auf eine Diskussion einzulassen. Auf einmal begreift sie, dass seine bisherige Ruhe sich nicht zuletzt von ihrer Unbeherrschtheit genährt hat.

Während der gesamten Reise bleibt April in ihr Buch vertieft, auch wenn sie zu dritt durch die Straßen gehen, an allen Sehenswürdigkeiten vorbei. Sie blickt weder nach links noch nach rechts, als wollte sie ihre Umgebung ausblenden. Trotzdem registriert sie, wie Hans Julius zu einem Bettler schickt und ihn fotografiert, als er dem zerlumpten Mann ein Geldstück überreicht. Sogar abends beim Essen liest sie, die Gabel in der einen Hand, in der anderen das Buch, es ist wie ein Zwang. Der Roman heißt: »Irre«. April wäre hier gern allein, und sie würde gern mutig aussprechen, was ihr durch den Kopf geht, und dann sagt sie es: Ich werde mich von dir trennen. Hans überhört den Satz, erst als sie ihn wiederholt, horcht er auf. Sie sitzen in einem Restaurant, große Teller mit Nudeln vor sich, aus dem Hintergrund klingt italienische Schlagermusik, Hans sieht seinen Sohn an und sagt: Wenn deine Mutter mir das antut, werde ich mich umbringen.

Sie brechen die Reise ab und fahren nach Hause. Julius betrachtet sie entsetzt, und sie kann es ihm nicht verdenken. Sie fühlt sich schuldig und trotzdem erleichtert. Sie hat das vage Gefühl, Verantwortung für sich zu übernehmen, auch wenn das zulasten von Hans geht. Er, der früher stolz bekannte, niemals zu weinen, schließt sich tagelang in seinem Zimmer ein, sein Wehklagen dringt durch die Wände, irgendwann ist nur noch ein Wimmern zu hören. Julius starrt verstört vor sich hin, sie kann ihn nicht trösten, er will zu seinem

Vater, doch die Tür bleibt verschlossen. April weiß nicht weiter, am liebsten würde sie sich auflösen, die Schwere ist noch schwerer zurückgekehrt.

16

Hans wollte zunächst in eine andere Stadt ziehen, aber er ist geblieben. Seine neue Wohnung liegt nur eine Straße von ihnen entfernt. Wenn sie sich zufällig begegnen, kann April seinen schleppenden Gang, seine traurigen Augen kaum ertragen.

Julius schleudert seine Stifte an die Wand, er will nicht malen, er will nichts essen, er will zu seinem Vater. April hat das Gefühl, in seinen Augen ist sie die große Kaputtmacherin, die ihn von seinem Vater trennt. Dabei kann Julius jederzeit zu ihm gehen, doch er hält an seinem wütenden Trotz fest. Sie sagt nicht wie ihre Mutter früher: Hau doch ab. Aber sie würde es gern sagen, hau ab, verschwinde. Stattdessen umarmt sie ihn, drückt Julius fest an sich – er liegt wie eine Gliederpuppe in ihren Armen.

Sie sucht einen Psychologen, einen, der sie nicht nur krankschreibt, sondern ernst nimmt. Doch schon der erste Versuch lässt sie an ihrem Vorhaben zweifeln. Eine große, mächtige Frau sitzt ihr hinter einem gläsernen Schreibtisch gegenüber und mustert sie so eindringlich, als wollte sie ihr ganzes beachtliches Körpergewicht in diesen Blick legen, während April in dem weichen Sofa versinkt, unfähig, eine einzige Frage zu beantworten.

Sie haben viel erlebt, fragt die Psychologin.

April zuckt die Achseln und denkt, was ist viel und was ist wenig.

Wissen Sie, an wen Sie mich erinnern?

Woher soll sie das wissen? April kommt sich vor wie ein Fisch, der durch das Zimmer schwimmt. Nein, kein Fisch – sie ist ein Kätzchen.

Sie sind ein Kätzchen vom Schuttabladeplatz. Ja, das sind Sie. Die Frau lehnt sich zurück. Ein frierendes, verschrecktes Kätzchen, misstrauisch Fremden gegenüber und jeder ausgestreckten Hand. Sie lassen sich nicht so einfach füttern, Sie beißen eher, und wehe dem, der sich Ihnen zärtlich nähert, dann wird aus dem Kätzchen eine fauchende Wildkatze.

April versucht sich so zu sehen wie von der Psychologin beschrieben, doch sie versinkt nur noch tiefer in das Sofa, es ist ihr peinlich, sich das anhören zu müssen.

Was ist das für ein Gefühl, so ein Kätzchen zu sein, fragt die Frau.

April wendet sich dem Fenster zu, starrt auf den Umriss einer Grünpflanze, bringt es einfach nicht fertig, etwas zu sagen.

Der Name des nächsten Psychologen lautet Dr. Fuß, er läuft um April herum, umkreist sie geradezu, was ihr theatralisch vorkommt. Sie sitzt mitten im Zimmer auf einem Stuhl, er hält ihr wie ein Zauberkünstler plötzlich einen Spiegel vor das Gesicht und sagt: Was sehen Sie? April starrt gebannt auf seine Gesundheitsschuhe, aus denen weiße Knöchel hervorquellen. Sie fragt sich, wie seine Füße wohl aussehen und ob sein Name etwas damit zu tun hat, dass sie sich das fragt.

Der dritte Psychologe sitzt eine ganze Weile schweigend vor ihr. Dann sagt er: Warum sind Sie hier?

Es fällt ihr schwer, diese Frage auf Anhieb zu beantworten. Warum ist sie hier? Ich weiß nicht, was ich fühle, sagt sie, ob ich mich gut fühle oder schlecht, es lässt sich nicht mehr unterscheiden.

Seit wann ist das so? Der Psychologe sieht müde aus.

Sie zuckt die Achseln, bemüht sich, ihm zu erklären, dass es ihr vor allem nach Momenten des Glücks passiert.

Und das Glück, fragt er. Wie fühlte sich das an?

Sie überlegt, ihr fällt rein gar nichts ein. April möchte den Psychologen gern beeindrucken und versucht, sich an die Freudlektüre in der Deutschen Bücherei zu erinnern. Der Arzt schlägt ihr eine Analyse vor, was sie erst einmal ablehnt.

Am frühen Abend sind es immer noch vierunddreißig Grad im Schatten. Die Hitze ist wie ein Summen auf ihrem Körper. Sie geht in die Markthalle; hier fühlt sie sich geborgen, und die Luft ist erträglich. Sie setzt sich auf eine Bank und beobachtet Artur. Er scheint beim Friseur gewesen zu sein, sein grauschwarzes Haar liegt ihm brav gescheitelt am Kopf an. Sonnenlicht bricht durch eins der großen Fenster, sammelt sich um seine Mundwinkel zu einem Bart aus Licht. Er ist auf dem Sprung, leicht zitternd setzt er sich in Bewegung, versucht einen großen Schritt, springt über unsichtbare Hindernisse. Sie möchte über ihn schreiben und fragt sich, wie er als Kind gewesen sein mag. Es fällt ihr schwer, ihn als Mann einer Frau zu sehen, eher ist er wie ein Bruder von jemandem.

Obwohl sie das klar vor sich sieht, findet sie auf dem Papier keine Sprache dafür. Artur entzieht sich ihr, wird zum Gespenst, zum Gespenstervogel, der flügelschlagend hinter der Kirchturmspitze verschwindet, wenn sie sich ihm nähern will. April gibt nicht auf, sie bleibt so lange an ihrem Schreibtisch sitzen, bis sie ihm zumindest ein Krächzen entlockt, ein Krächzen mit unbekanntem Akzent. Als sie anderntags mühsam entziffert, was sie geschrieben hat, kommt es ihr falsch und anmaßend vor. Nächtelang sitzt sie an ihrem Schreibtisch, mal zeigt sich Artur schwarz gewandet wie ein Marabu, mal dreht er sich als Halbwüchsiger in einem Karussell, oder er steht hinter ihr, schaut ihr höhnisch über die Schulter und kichert, wenn ihre Worte klappern. Einmal hört sie ihn ganz deutlich sagen: Du bist feige. Endlich schreibt sie die ersten Seiten, klaubt die passenden Wörter auf, wie Aschenputtel die Erbsen. Auf einmal zeigt sich Artur entgegenkommend: Lass uns vor die Tür gehen, sagt er, die Welt erobern, und etwas in seiner Stimme macht sie stutzig, diesen Ton kennt sie von ihrem Vater. Wie hat sie die Ähnlichkeit übersehen können? Er möchte mit ihr die Welt erobern? Sie lacht leise. Was willst du, fragt sie ihn, Teil meiner Wirklichkeit sein oder Fiktion bleiben?

April schickt ihrem Vater ein Paket mit einer ganzen ungarischen Salami – seiner Lieblingswurst –, Zigaretten, ein paar Fläschchen Stonsdorfer, einem Buch über Störtebeker, dazu Kastanien, die Julius gesammelt hat. Sie berichtet in einem langen Brief, wie es ihr ergangen ist, legt Fotos von sich und Julius bei, von Hans, schreibt ihren Absender übergroß und deutlich lesbar auf das Paket.

Sie bewirbt sich mit ihren ersten Seiten über Artur um ein Literaturstipendium. Sie übernimmt den Job in der Musikbranche, der sich als simple Küchenarbeit erweist. Franzl, der Mann aus der Bar, bietet ihr zwölf Mark die Stunde. Er kommt aus München und will seinen Wehrdienst nicht antreten, das ist der Hauptgrund, warum er hier lebt.

Herbstliches Sonnenlicht flutet durch das Fenster der winzigen Küche im zweiten Stockwerk, unten im großen Saal finden abends die Auftritte statt. Die Musiker aus den Vorgruppen mäkeln immer herum, sagt Franzl und gibt ihr Geld für den Einkauf. Er sagt ihr nicht, was sie kaufen soll, nur die Anzahl der Personen. April streift mit dem Gefühl einer Eroberin durch die Geschäfte, sie kauft Dinge, die sie sich bisher nicht leisten konnte. Mit großen Tüten beladen betritt sie die Küche.

Das hat lange gedauert, sagt Franzl und streicht sich nervös durch sein weißblondes Haar.

April breitet ihre Einkäufe auf dem Tisch aus: exotische Stachelfrüchte, bunte Salatblätter, Muscheln, Krabben, goldfarbene Nüsse.

Was soll der Wahnsinn, ruft Franzl, was willst du daraus zubereiten?

Ich wollte, ich will, sagt sie und weiß nicht weiter. Worauf hast du denn Lust?

Franzl schaut sie an, sichtlich verwirrt.

Hast du einen besonderen Wunsch?

Oh Gott, ich möchte sterben, sagt er, das geht ja voll daneben.

Nun reg dich ab, ich krieg das hin, sagt sie, mit einer Zuversicht, die selbst in ihren Ohren verlogen klingt. Sie betrachtet ihn und denkt, dass er aussieht wie Hitler in Blond.

Ein schlechter Tag, ein ganz schlechter Tag. Franzl holt tief Luft.

Sie tätschelt seine Schulter. Glaub mir, ich kann gut kochen.

Manche essen keinen Fisch, sagt er, nun schon mit einem halben Lächeln.

Lass dich überraschen, sagt sie, auch wenn Franzl offensichtlich keine Lust auf eine weitere Überraschung hat.

Sie geht noch mal los, kauft Kartoffeln, Gemüse, Brot.

Franzl beäugt sie und ihre Zutaten misstrauisch, während sie das Gemüse schneidet. Sie kocht einen Fischtopf mit exotischen Früchten, mischt Kartoffeln darunter und viel Chili.

Die Musiker aus der Vorgruppe essen ihre Teller leer, zwischendurch geht das Weißbrot aus. April besorgt Fladenbrot vom Türken, und selbst Franzl nimmt zweimal von der Suppe nach. Ein pickliger Jungmusiker blinzelt sie an und sagt: Ich heiße Ted, gehst du später noch was mit mir trinken? Überrascht und belustigt sagt sie: Leider hab ich zu tun, und denkt, es gibt immer einen Ted, Marie hat ihr von so einem Typ erzählt, und nun kann auch sie mit einem aufwarten.

Versunken im quengligen Tremolo einer Gitarre spült sie das Geschirr, kehrt den Boden. Ob die Musik gut oder schlecht ist, kann April nicht beurteilen, sie kommt ihr vor wie ein Mitschnitt von Alltagsgeräuschen, Baulärm, Autohupen, Staubsaugerbrummen. Die Stimme des Sängers klingt nach Kehlkopfkrebs.

Franzl ist zufrieden mit dem Abend, gut gelaufen, sagt er, super! Dieses Wort ist ihr fremd, sie kann sich nicht vorstellen, es selbst zu benutzen. Im Toilettenspiegel blickt sie sich müde an und atmet tief durch, hält die Handgelenke lange unter den kalten Wasserstrahl. Franzl hilft ihr beim Aufräumen, gibt Witze zum Besten, und als schließlich ein glatzköpfiger junger Mann auftaucht, wirkt er vollends zufrieden. Das ist mein Apotheker, verkündet er. Während der Glatzkopf versucht, sich aus seiner Umarmung zu befreien, stößt Franzl kleine Freudengluckser aus. Der »Apotheker« stellt einen schmalen silbernen Koffer auf den Tisch. April lässt sich einladen zu einer Linie, sie hört das Wort zum ersten Mal, und auch wenn ihr die Sache lächerlich erscheint, mit dem zusammengerollten

Geldschein und dem ganzen Getue, macht sie es Franzl nach, zieht sich das weiße Pulver in die Nase. Ihre Müdigkeit verfliegt, auf dem Heimweg spürt sie jeden Schritt im Rückgrat nachklingen, und die unerwartete nächtliche Wärme umhüllt sie wie eine zarte Membran.

Jedes Mal nimmt sie sich vor, nicht wieder hinzugehen, und dann macht sie es doch, lässt sich an der Grenze als unerwünschte Person abweisen. Sie versucht ihr Gesicht so aussehen zu lassen, als gehöre es jemand anderem, doch eine unerwünschte Person riechen »sie« schon aus zehn Metern Entfernung.

Morgens schreibt sie, nachmittags geht sie putzen, danach kümmert sie sich um Julius, so gut sie kann.

Beim Schreiben wendet April nun härtere Methoden an, fängt Artur mit dem Lasso ein, sieht in seinen Augen die Äderchen platzen, er schielt vor Anstrengung, ihr zu entkommen. Von ihrem Vater hat sie noch keine Antwort erhalten. Einmal meint sie ihn auf der Straße zu sehen, doch als er sich umdreht, sieht er eher aus wie Mücke.

Sie gibt sich keine Mühe mehr, die Ärzte von ihren Defekten zu überzeugen, ihre Krankschreibung wird ein letztes Mal verlängert, danach wird sie Arbeitslosengeld beantragen müssen. Sie lässt sich treiben, und oft hat sie das Gefühl, sie ist nicht dabei, wenn die Tage verstreichen. Eine gewisse Stabilität findet sie im Rhythmus ihrer mitternächtlichen Ausflüge. In der Bar trifft sie auf Gleichgesinnte und ist stets eine der Letzten, die nach Hause gehen. Es gibt kleine und größere

Eskapaden, die Abstürze verkommen zur Gewohnheit, sie wacht an unbekannten Orten auf, das Gefühl von Trostlosigkeit in den Gliedern. Einmal findet sich April in einem fremden Zimmer wieder und weiß nicht mehr, wie sie dahingekommen ist. Sie zieht das Rollo hoch, ein kühler Septembermorgen, sie ist vollständig bekleidet, aber nicht passend für das Wetter. Als sie die Wohnung verlassen will, trifft sie im Flur auf einen jungen Mann, der ihr erklärt, warum sie hier ist: Sie habe in der Nacht bei ihm im Taxi gesessen und als Adresse die »Mitropa« angegeben, doch das Café »M«, auch »Mitropa« genannt, hatte bereits geschlossen. Dann sei sie komplett verstummt, deshalb habe er sie kurzerhand über die Schultern geworfen und in seine Wohnung, sein Bett getragen, er habe die Nacht auf dem Sofa verbracht. Obwohl der junge Mann lächelt, meint sie in seinem Gesicht Besorgnis zu lesen. Sie möchte nur weg und klärt ihn nicht über das Missverständnis auf. Sie wollte vergangene Nacht in die »Mitropa«, ja, aber in die »Mitropa« jenseits der Grenze, auf dem Hauptbahnhof in Leipzig, wo ihre Mutter arbeitet.

Sie hat gehört, dass Söhne sich eher auf die Seite der Mutter schlagen und Töchter mehr dem Vater zugetan sind, aber auf Julius passt dieses Muster nicht. Kein Wunder, denkt sie, dass er ganz und gar auf seinen Vater fixiert ist, der mit ihm Ausflüge macht, die Natur erklärt, mit ihm schwimmen geht. Julius betrachtet sie oft, als wüsste er nicht, wer sie ist, als wäre sie nie seine Mutter gewesen. Sie kann es ihm nicht verdenken, denn allzu oft gibt sie ihn bei Hans ab oder lässt ihn nachts allein. Einmal findet sie, als sie frühmorgens nach Hause kommt, einen Zettel vor ihrer Tür, darauf steht: Die dunkle, dunkle Nacht. Meistens schläft Julius, wenn sie sein Zimmer betritt. Sie sitzt eine Weile neben ihm am Bettrand, horcht auf seinen Atem, der ihr friedlich erscheint. Sie hat ihn am liebsten, wenn er schläft, dann kann sie ihn vorbehaltlos lieben.

Hans hat ihre Beziehung noch nicht ganz aufgegeben, er lädt April zum Essen ein, er will, dass sie zu ihm zurückkehrt, doch schon der Gedanke daran lässt sie erstarren. Neuerdings redet er über Sternzeichen, und wie aus allem macht er auch daraus eine große Sache. Seine Stimme trieft vor Bedeutsamkeit, wenn er ihr erklärt, warum wer mit wem zusammenpasst, kaum zu glauben, dass er es ernst meint. Als April das Ganze hartnäckig hinterfragt, sagt er: Das verstehst du nicht, dafür braucht es gewisse Voraussetzungen. Zunächst ist sie verletzt, doch dann erkennt sie seine Hilflosigkeit, er weiß immer noch nicht, wie er mit ihr umgehen soll. April würde ihn gern trösten, aber das steht nicht in ihrer Macht.

17

Silvester, kurz vor Mitternacht, die ersten Korken knallen. April trägt das Matrosenhemd, ihr ist nach Auflösung zumute, gleichzeitig will sie dazugehören. Sie möchte jemanden kennenlernen, sie hat Lust, sich zu verlieben. Laute Musik, verstärkte Beats auf der Haut, sie fühlt sich frei, dank Alkohol und Drogen. In der Bar herrscht ein ständiges Kommen und Gehen, das neue Jahr bricht an, sie umarmt Marie, sie umarmt alle ihre nächtlichen Komplizen, dann sieht sie den großen, schönen Mann, er tanzt auf winzigstem Raum mit Suse. Sie stellt sich einfach tanzend dazu. Nach einer Weile lacht Suse laut auf und überlässt ihr das Feld mit den Worten: Ich will ihn doch gar nicht. Dem Mann scheint es egal zu sein, mit wem er tanzt, er bewegt sich einfach weiter und betrachtet sie mit dem Lächeln, das vorher Suse galt. April hat ein Rauschen im Kopf, während sie in seinen Armen verschwindet, sie bekommt bald keine Luft mehr, und der Mann gibt sie frei. Er bugsiert sie hinaus in die verschneite Nacht, benommen folgt sie ihm durch die Straßen voller Lichter und feiernder Menschen. Er hält sie an seiner Hand, während er ihr von einem Meteoriten erzählt, der bald auf die Erde stürzen und ganz Kreuzberg in eine Wüste verwandeln wird. Erst vor seiner Wohnungstür lässt er sie wieder los. In der Küche steht ein laufender Fernseher auf dem Boden, daneben eine Auswahl an leeren und halb vollen Weinflaschen. Es riecht nach Farbe, Terpentin. Stell dir vor, fährt er fort, ein Stein mit dreihundert Metern Durchmesser wird unser Leben auslöschen. Sie hat keine Lust, sich das vorzustellen, sie trinkt aus einer der Weinflaschen, doch die Süße des Sich-Fallen-Lassens bleibt aus. In seinem Schlafzimmer bedecken dunkle Ölbilder jeden Zentimeter an den Wänden, umkreisen April wie Schatten. Nackt sitzt sie auf ihm, und während sie versucht, rhythmisch zu bleiben, entdeckt sie eine Vielzahl von kleinen Kreuzen auf den Leinwänden, schwarz, grau, silbern.

Als sie anderntags um die Mittagszeit aufwacht, steht er mit einem großen Zeichenblock vor ihr, einen Stift in der Hand, und betrachtet sie.

Was machst du da, fragt sie verschlafen.

Wonach sieht es denn aus? Seine Stimme klingt nicht gerade gut gelaunt. Das bist du, sagt er und reicht ihr eine Zeichnung.

Es fällt ihr schwer, in diesem Gewimmel aus Kreuzen ein menschliches Wesen zu erkennen, und doch fühlt sie sich geschmeichelt, als hätte er ihr mit seinen dunklen Strichen eine Gestalt gegeben, sie sichtbar gemacht.

Gefällt mir, sagt sie.

So, sagt er und zupft an seinen Fingern. Es ist kalt, du solltest dich anziehen. Dann winkt er ab. Ist eh egal. Hörst du die Vögel?

Sie nickt.

Sind schon unruhig, wissen Bescheid.

Sie nickt abermals, versucht so zu tun, als wisse auch sie Bescheid.

So ein Meteorit hat eine Geschwindigkeit von ungefähr 70 000 Stundenkilometern, sagt er.

Woher weißt du das alles, fragt sie, um überhaupt etwas zu sagen.

David Bowie, man könnte diesen Meteoriten David Bowie nennen, dann wäre ich unter David Bowie begraben.

Wie heißt du eigentlich, fragt sie.

Könnte auch nur eine kosmische Salve werden, dann geht die ganze Warterei wieder von vorne los.

Als April eine halbe Treppe tiefer aufs Klo geht, fühlt sie sich in ihre Vergangenheit versetzt. Sie erinnert sich plötzlich an die Geschichte des Jungen, der aufs Klo wollte und vier Stockwerke nach unten stürzte. Der Boden unter ihr scheint fest zu sein. Sie sieht aus der Fensterluke in den Hof, wo ein Schneemann steht, mit einem roten Damenhut auf dem Kopf. Ihr fällt ein Werbespruch aus ihrer Kindheit ein: König Kunde kauft im Konsum, sagt sie laut, hält sich kurz an den Silben fest. Sie denkt daran, dass sie schon fast zwei Jahre im Westen lebt. Sie denkt an ihren Vater, an seine Geschichten, besonders an die mit dem berühmten Schauspieler

Robert Mitchum. Sie stellt sich vor, wie ihr Vater aus dem Haus geht, die Luft betrachtet, wie ein Polizist, der einen Tatort mustert: Was könnte hier passiert sein? Ihrem Vater ging es allerdings nicht um Tatsachen. Sie hört seine Stimme: Stell dir vor, sagt er, ich kannte mal einen Ungarn, könnte auch ein Franzose gewesen sein, mit einem russischen Akzent, der von den Toten zurückgekehrt ist, wirklich, so war es. April weiß bis heute nicht, ob er mit seinen Geschichten bloß Aufmerksamkeit wecken wollte oder sie wirklich glaubte.

Sie versucht, nicht an Julius zu denken, der Silvester mit seinem Vater gefeiert hat. Sie denkt, dass sie Durst hat, Hunger, dass sie was essen sollte. Als sie vom Klo zurückkommt, sitzt der noch namenlose Mann vor einem Teller Linsensuppe. Seine Pupillen sind groß und glänzen.

Der Teller ist für dich, sagt er und füllt ihr auf.

Sie beginnt zu löffeln, nimmt ein Stück Brot, sieht im Fernseher die Silvesterraketen der gestrigen Nacht in den Himmel steigen.

Unsere Henkersmahlzeit, sagt er, und etwas an ihm macht sie stutzig, er scheint ihr plötzlich so aufgeräumt. Wie viel wiegt der größte kosmische Brocken, der bisher runtergekommen ist? Na? Sag schon. Während sein Lächeln immer breiter wird, überfällt sie eine Taubheit am ganzen Körper, sie kann kaum noch den Löffel halten. April hat keine Ahnung, welche Drogen er ihr mit der Suppe verabreicht hat, ihr Kopf sinkt auf die Tischplatte, sein Lachen hallt in ihren Ohren wider, sie kann sich nicht mehr bewegen, hört nur noch dieses Lachen.

Ihr Inneres befindet sich in einer Art riesigem Schneckengehäuse, sich endlos drehend, ohne je an Grenzen zu stoßen. Sie hat Angst, dass es nie wieder aufhört. Ihr Mund ist trocken, das Tageslicht schmerzt auf ihren Augenlidern; Donnerschläge, eine Art universelle Zerstörung im Kopf, der restliche Körper völlig unverbunden. Als sie aufstehen will, knicken ihr die Beine weg, sie muss sich am Tisch festhalten. Was hat er ihr nur in die Suppe getan? Rattengift, Bittermandel oder Krümel einer kosmischen Salve? Trotz des Schmerzes lacht sie laut und sagt: Ich werde verrückt, verrückt, verrückt. Der Mann lächelt, als habe er sie überlistet, und sagt: Das bist du doch schon. Auch seine Bewegungen sind merkwürdig, als wäre er gefriergetrocknet. Er bringt sie zur Tür, quetscht ihre Hand und sagt: Ich heiße Michael.

Das Eis am Ufer der Spree zieht sich zurück, gibt dunkel brackiges Wasser frei. Möwen schreien um die Wette. In ihrem Innern löst sich der graue Winterknoten. Sie frönt stundenlang einem Putzfimmel, kauft rot blühende Kamelien, sät Sonnenblumenkerne im Vorgarten aus, und Julius hilft ihr dabei. Nach dem Abschied von Michael war sie überzeugt, ihn nie wiederzusehen. Doch schon eine Woche später stand sie vor seiner Tür. Sie gehen vorsichtiger miteinander um, auch wenn es für April nicht einfach ist. An manchen Tagen erscheint ihr Michael geschrumpft, geradezu schmächtig, wie leblos, an anderen Tagen ist er voll da. Wenn sie bei ihr sind, drehen sie David Bowie auf, liegen oft noch im

Bett, wenn Julius aus dem Kinderladen kommt. April hat den Eindruck, ihr Sohn nehme nur Bruchteile von ihr wahr, ein Stück Nase, eine Fingerspitze, einen Fuß; nach einer Weile begreift sie, dass das allein ihre Wahrnehmungsweise ist. Wenn sie Julius zum Zahnarzt begleitet, überlässt sie ihm während der Behandlung ihre Hände, die danach aussehen, als hätten Hühner ihre Schnäbel daran gewetzt.

Trotz ihrer Verliebtheit versucht sie, Michael distanziert zu betrachten. Er ist nicht nur Maler, er schreibt auch, eins seiner Gedichte wäre beinahe veröffentlicht worden. Das Gedicht handelt von einem Asteroiden, der im Gegensatz zum Meteoriten gleich die ganze Erde plattmachen könnte, Michael legt großen Wert darauf, dass sie das eine nicht mit dem anderen verwechselt. Sie versucht, sich ihre Skepsis nicht anmerken zu lassen, überlegt insgeheim, ob er es selbst ernst meint. Und dann der abrupte Wechsel zwischen seiner zwanghaften Munterkeit und elender Verzagtheit: Er werde ohnehin bald sterben, sein Herz sei viel zu klein für diese hundertsechzig Pfund Fleisch, Knochen und Gedärme.

Wenn sie mit Michael durch die Straßen geht, gelten die Blicke der Frauen alle ihm, während er nur Augen für April hat. Die ersten grauen Haare lassen ihn noch verwegener aussehen, doch was sie wirklich an ihn bindet, ist die alte Unsicherheit: Meint er es gut mit ihr oder eher nicht?

April steht früh am Bahnsteig und wartet auf die S-Bahn. Der Frühling, die Sonne, Vögel bauen ihre Nester zwischen die stählernen Balken, und doch ist etwas anders als sonst. Sie sieht sich um, Menschen mit müden Gesichtern, Frauen geschminkt, ungeschminkt, quengelnde Kinder, Menschen auf dem Weg zur Arbeit oder sonst wohin. Ein Obdachloser, zerlumpt, barfuß, wippt auf seinen Sohlen, neben ihm sein Hab und Gut in Tüten. April läuft den Bahnsteig entlang, fängt den Blick eines Anzugträgers auf, ein winziges Lächeln hebt seine Mundwinkel, aber er schaut an ihr vorbei, scheint einen bestimmten Punkt zu fixieren. Sie dreht sich um, da ist nur der Obdachlose, der ungläubig seine Füße betrachtet, als hätte er bisher Flossen an den Beinen gehabt. Auf dem Bahnsteig ist es stiller als sonst. Oder kommt es ihr nur so vor? Eine Taube pickt mit ihrem Schnabel auf den Boden, es klingt, als würde sie etwas morsen. Der Obdachlose atmet hörbar aus, murmelt vor sich hin. Erst als er sich setzt, aufsteht, sich wieder setzt, begreift April, was anders ist: Dort, wo bis zum gestrigen Tag noch eine Bank stand, auf der man sich zum Schlafen ausstrecken konnte, befindet sich eine Reihe von abgeteilten Sitzgelegenheiten. Allen Umstehenden dürfte klar sein, warum die Bank neu gestaltet wurde: Niemand soll darauf schlafen. Nun können sie sich hier nicht mehr breitmachen, sagt eine Frau laut in die Runde. Alle verstehen, dass sie die Obdachlosen meint, niemand widerspricht. Und April? Auf welcher Seite steht sie? In den nächsten Tagen fällt ihr auf, dass die alten Bänke an allen öffentlichen Plätzen ausgetauscht wurden.

April traut ihrem Mitleid genauso wenig wie ihren anderen Gefühlen. Wenn sie einem Bettler Geld gibt, kommt sie sich ganz und gar unecht vor, als würde sie Theater spielen. Manchmal verspürt sie sogar die Regung, das Geld des Bettlers zu stehlen und davonzulaufen.

Als sie die Frau mit der Schleife im Haar das erste Mal wahrnimmt, hat sie das Bedürfnis, ihr zu helfen – und sie will ihr eigenes Mitleid erkunden. Die Frau, in einen Wintermantel gehüllt, sitzt am Stamm einer großen Kastanie, die Hand zum Betteln aufgehalten. Sie wird angesehen, teils mitleidig, teils angeekelt, die Leute werfen ihr Geldstücke aus sicherer Entfernung zu, niemand will ihre ausgestreckte Hand berühren. Die Frau verströmt einen unangenehmen Geruch, der Dreck haftet schichtweise an ihr, wie eine zweite Haut. Warum trägt sie diesen warmen Mantel, fragt sich April, es sind bereits sommerliche Temperaturen. Im verfilzten Haar der Frau steckt eine gelbe Geschenkschleife. Wenn sie sich bedankt, entblößt sie mit einem Clownslächeln ihre dunkel gefärbten Zähne, April hat den Eindruck, dass in diesem Lächeln leiser Spott liegt. Sie legt ihr die Geldstücke immer in die Hand. Einmal reicht sie ihr einen Apfel, die Frau beißt hinein, verzieht den Mund und wirft den Apfel in hohem Bogen auf die Straße. April würde gern mit ihr ins Gespräch kommen, würde gern erfahren, wie sie früher gelebt hat, würde ihr gern Anerkennung aussprechen für ihr jetziges Leben, ein Außenseiterleben, doch die Frau lächelt nur träge, wenn sie ihr zunickt. April möchte der Frau mehr geben als nur Geld, sie möchte ihr etwas geben, das sie eine wirkliche Anstrengung kostet. Sie lädt die Frau ein, bei ihr zu Hause zu baden. Zu ihrer Überraschung erhebt sich die Frau sofort, als hätte sie nur auf eine solche Einladung gewartet, sie sammelt eilig ihre Tüten ein und bleibt vor ihr stehen. Gut, gehen wir, sagt April und sieht erst jetzt, wie groß die Frau ist, eine kompakte Riesin. Den Wintermantel über die Schultern geworfen, ähnelt sie einer Gewichtheberin, die schnaufend mit kleinen Schritten voranschreitet. Hier geht es lang, sagt April und deutet auf die Kreuzung, wortlos folgt ihr die Frau, die Schultern etwas nach vorn geschoben, und von einer Sekunde zur anderen möchte April unsichtbar sein. Hat sie etwa damit gerechnet, dass ihre Einladung ausgeschlagen wird? Die Frau kichert plötzlich, als könnte sie ihre Gedanken lesen, doch bei genauerem Hinhören ist das Kichern ein Hustenanfall. April bleibt vor ihrem Haus stehen und hält der Frau die Tür auf. Im Treppenhaus ist es still, am liebsten würde sie die Sache rückgängig machen, was hat sie sich nur dabei gedacht? Warum ist sie nicht ins Kino gegangen und hat sich einen rührseligen Film angesehen? Während April ihre Wohnungstür öffnet, hält sie die Luft an, die Riesin folgt ihr so selbstverständlich, als wäre sie hier zu Hause. Die Tüten können Sie hier abstellen, sagt April und deutet auf eine Ecke im Flur. Die Frau wischt sich über die Stirn und sieht sie wortlos an, ihre Augen leuchten wie Glas.

So, sagt April, ich lass erst mal das Badewasser ein.

Sie bleibt so lange im Bad, bis die Wanne voll ist, legt einen großen Stapel frische Handtücher bereit.

Auf dem Flur hat die Riesin sich nicht von der Stelle gerührt. Das Bad ist fertig, sagt April. Die Frau zuckt die Schultern, lacht tonlos auf. Sie wertet es als Zustimmung: Ich habe Badeschaum reingemacht, riecht nach Zitrone. Die Frau folgt ihr ins Bad, April lässt sie allein in dem dampfenden Raum, bleibt eine Weile hinter der geschlossenen Tür. Dann setzt sie sich an den Küchentisch, spürt Wärme vom Boden her aufsteigen. Leise äfft sie sich selbst nach: Riecht nach Zitrone. Sie schließt die Augen, überwältigt von Schwäche und Ekel, Ekel nicht vor der Frau, sondern vor sich, ihrer Anmaßung, es geht doch immer nur um sie – die Frau nichts weiter als Mittel zum Zweck, und alles ihrem kindischen Wollen untergeordnet, ohne jedes Maß. Sie hört aus dem Bad ein Grunzen und Husten und denkt an die Schweinerei später, eine besudelte Wanne, der Boden völlig verdreckt. Ein Geräusch lässt sie aufhorchen: Möge die Wohnungstür tatsächlich ins Schloss gefallen sein. Sie geht ins Bad, die Frau ist weg, auch die Tüten im Flur sind verschwunden. Sie spürt Erleichterung, Dankbarkeit, aber auch den Hauch einer Kränkung. In der Badewanne, auf dem hochgetürmten Schaum, ein gelber Fleck, April nimmt die Schleife mit spitzen Fingern und wirft sie in den Abfall. Dann lässt sie das Badewasser ab, doch nach einer Weile steckt sie den Stöpsel wieder ein, zieht sich aus und steigt in die Wanne.

Zunächst meidet April die Stelle um den großen Kastanienbaum. Später, sie hat den Vorfall beinah vergessen, läuft sie doch wieder daran vorbei, aber die Frau sitzt nicht mehr da. April sieht sie nie wieder.

18

Michael hat sie zu einer Reise nach Sizilien eingeladen. Am Tag vor ihrem Abflug liegt im Briefkasten die Antwort auf ihre Stipendiumsbewerbung. Sie steckt den Brief ungeöffnet ein, verabschiedet sich von Julius, der kaum sein tobendes Spiel mit Saskia unterbricht, Marie erteilt ihr noch Ratschläge, immerhin hat sie in Syrakus geheiratet. Julius wird während ihrer Reise bei seinem Vater wohnen, und sie ist froh, dass Hans nicht in eine andere Stadt gezogen ist.

Im Flugzeug sitzt April versteinert neben Michael, mit dieser Angst hat sie nicht gerechnet. Es kommt ihr vermessen vor, auf diese Weise vom Boden abzuheben. Kurz denkt sie daran, Gott einen Tauschhandel vorzuschlagen, doch was soll sie ihm anbieten? Ausgerechnet Gott, an den sie nicht glaubt, und erst recht nicht an seinen gerechten Blick. Sie versucht, tief durchzuatmen. Michael hält zwar ihre Hand, aber sein Gesicht ähnelt einer Maske, seine weißen Nasenflügel blähen sich. Nein, er hat keine Flugangst, sein Herz liegt ihm schwer im Leib wie ein Meteorit. Die Stewardess bemüht sich um ihn, während April speiübel ist. Aber das scheint ihr niemand anzusehen. Sie ist wütend auf Michael. Er ist ein Hypochonder, jedenfalls in ihren Augen. Er muss vorsichtig essen, kleine, gut zerkaute Bissen, weil er sonst Luft schluckt. Luft aber verschluckt er so oder so, sein Bauch ist aufgebläht, als wäre er im sechsten Monat. Bevor er nachts zu ihr ins Bett kommt, geht er stundenlang durch die Wohnung und versucht zu rülpsen, die Luft muss raus aus seinem Bauch, weil sie ihm sonst das Herz abdrücken würde, sagt er. Die Ärzte haben trotz unzähliger Untersuchungen nichts gefunden. April hat auf seinen Wunsch vor der Reise einen Akupunkturkurs besucht – auch wenn sie das für Hochstapelei hält, schließlich ist sie weder Ärztin noch Krankenschwester; doch für diesen Kurs waren keine Vorkenntnisse nötig, und Michael kam dafür auf. Das Flugzeug ruckelt, der Motor macht schreckliche Geräusche, April schrumpft auf Ameisengröße. Am liebsten würde sie der Stewardess zubrüllen, wie wehleidig dieser große, schöne Mann ist. Sie ist diejenige, die mit dem Tod ringt.

Mit weichen Knien und sehr lebendig geht April durch die Straßen von Rom. Das Licht ist so hell, als hätte sie den Himmel von oben mitgebracht. Ein Taxi bringt sie zum Bahnhof. Sie fahren mit dem Zug weiter nach Syrakus, wo ein Freund von Michael sie erwartet. Unterwegs spürt April, wie sie leichter wird, Ballast von ihr abfällt. Sie sitzt eingequetscht zwischen italienischen Familien, versteht kein Wort, knabbert mit Wohlbehagen an ihren Fingernägeln. Als sie in Syrakus aussteigen, strafft sich Michael, doch sein Mund bleibt schmal. Er wird von einem glatzköpfigen Mann begrüßt, der laut seinen Namen ruft. Der Mann ähnelt einem lächelnden Delphin. Das ist Marco, sagt Michael und stellt sie einander vor. Sein Freund ist Herzchirurg, eine Koryphäe auf seinem Gebiet, sie werden gemeinsam durch Sizilien fahren; das hatten sie schon lange vor, und nun ist April dabei. Marco führt sie zu seinem Auto, sie steigen in eine klapprige rostrote Kiste und fahren zu seiner Wohnung. Michael schließt erschöpft die Augen, während sie mit seinem Freund redet, obwohl keiner ein Wort des anderen versteht, Marco kann außer seiner Muttersprache radebrechend Englisch, sie nur Deutsch. Sie sieht aus dem Autofenster, staunt über die fremde Vegetation. Marco erwidert ihre Begeisterung, sie deutet auf einen Eukalyptusbaum, er zeigt auf eine große Palme, die Verständigung mit ihm bereitet ihr ein schwereloses Vergnügen.

Sie schätzt ihn auf Anfang vierzig, er ist mittelgroß, kompakt, vom Profil her könnte er wirklich ein Delphin in Menschengestalt sein.

In seiner großen, hellen Wohnung kann April außer einer breiten Matratze im Schlafzimmer keine Möbel entdecken, nur Kisten, Berge von Kisten, in der Küche stehen immerhin Tisch und Stühle. Marco wohne seit zehn Jahren hier, erklärt ihr Michael, sei aber noch nicht dazu gekommen, seine Sachen auszupacken. Auf einem Pappkarton liegen versteinerte Muscheln, eine Amphore, die Marco aus dem Meer geholt hat, er ist ein leidenschaftlicher Taucher. Durch die geöffneten Fensterflügel fällt Sonnenlicht in die Küche, sie trinken starken, süßen Kaffee, essen Thunfisch und Tomaten. Michael kann sich mit Marco auf Italienisch verständigen, während April in einer Zwischenwelt verharrt, auf freundliche Weise mit den ihr fremden Lauten verbunden. Sie kann sich nicht entsinnen, sich jemals so wohlgefühlt zu haben.

Am frühen Nachmittag brechen sie auf, April sitzt vorn bei Marco, während Michael sich hinten an den Rücksitz lehnt, mit schmalem Mund, durch die Nase atmend, wie er es immer tut, wenn er sich nicht wohlfühlt. Auch Marco hat bei ihm keine Störung festgestellt, sein Herz schlage kräftig und gesund.

Sie lassen das Auto am Straßenrand stehen und laufen ein kurzes Stück zur Küste. Marco zieht einen Tauchanzug an und lässt sich mit Schnorchel und Flossen ins Wasser fallen. April setzt sich neben Michael, um sie herum Sand, Kiesel, Muscheln, Muschelschalen, und sie muss daran denken, dass Julius als Tier gern eine Muschel wäre. Warum eine Muschel, Julius? Sie entkorkt die mitgebrachte Weinflasche, trinkt daraus, reicht sie Michael. Ich liebe das Meer, sagt sie.

Es ist nur Wasser, sagt er.

Sie holt Zigaretten aus ihrer Tasche und zündet sich eine an.

Sie möchte ihm gern etwas von ihrer Leichtigkeit abgeben, legt ihm die Hand auf die Schulter, streicht ihm über den Kopf, sein Haar ist voll und lockig, eigentlich eine Pracht, doch er seufzt nur. Weißt du, sagt er, dass der erste Asteroid in Sizilien entdeckt wurde?

Natürlich weiß ich das, sagt sie und lacht.

Die Sonne brennt, es ist windstill. Michael fächelt sich mit einem Notizbuch Luft zu, seine Nase ist spitz, Schweißtropfen bedecken seine Stirn, kurz ähnelt er einer gequälten Frau, die zu früh in die Wechseljahre gekommen ist. Er hat wirklich etwas Weibliches an sich, denkt April, und sein Mund kann ein richtiger Schmollmund sein. Das Notizbuch ist mit Kreuzen vollgemalt, Michael trägt auch seine Gedanken ein oder Splitter einer Erzählung, und er liest ihr jedes Wort vor.

Sie ist froh, als Marco wieder auftaucht, mit gefüllten Netzen in beiden Händen, und als er näher kommt, erkennt sie darin stachlige dunkelbraune Kugeln.

April hat noch nie Seeigel gegessen. Marco breitet eine Decke über Sand und Steine, es gibt Weißbrot, sie trinken Wein und löffeln das orangefarbene Zeug aus den Schalen. Sie kommt sich vor wie in einem französischen Film, das ist nicht echt, denkt sie, so schön kann es gar nicht sein. Erst bei der Vorstellung, dass Schwarze Paul, Sputnik und all die anderen sie so sehen würden, löst sich der Knoten, und sie könnte losheulen vor Freude. Seht ihr, euer Rippchen versteht es zu leben, flüstert sie. Auf meine Freunde, sagt sie zu Marco und Michael und stößt mit ihnen an.

April schließt die Augen, geblendet vom Licht, hört Michael geräuschvoll ausatmen, als habe er Schmerzen. Sie beschließt, sich einen Gemüseschneider zu kaufen, wenn sie wieder zu Hause ist, bei einem dieser Straßenverkäufer, die ihre Waren wie auf einer Theaterbühne anpreisen und vorführen; wie oft hat April während einer solchen Darbietung fasziniert auf die Gurkenscheiben, Möhrenwürfel und Zwiebelringe gestarrt, den frischen Duft eingesogen und darüber die Zeit vergessen. Als sie die Augen wieder öffnet, schreibt Michael etwas in sein Notizbuch, er hebt den Kopf, lächelt sie an, wechselt mit Marco ein paar Worte auf Italienisch, und beide Männer lachen laut. Er kann sich mühelos regenerieren, von einer Sekunde auf die andere das aus dem Takt geratene Herz vergessen und fröhlich sein. Als sie nach einem Seeigel greift, schießen ihr drei Stachel in die Hand, einer davon tief unter den Fingernagel. Schreiend springt sie auf, schüttelt die schmerzende Hand. Während Marco sie tröstet, gibt Michael den Dolmetscher: Es sei nicht schlimm, aber sie müssen ins Krankenhaus, um die Stacheln richtig entfernen zu lassen. Während der Fahrt kurbelt sie das Fenster herunter und hält die Hand in den Wind, der Schmerz ist nur noch ein leichtes Tuckern. Habe ich mich sehr blöd aufgeführt, fragt sie Michael.

Er lächelt ganz entspannt und streichelt ihren Nacken. Wenn es ihr schlecht geht, scheint ihm das Kraft zu geben. Sein Kosename für sie lautet: Kleines. Als sie einmal nachts betrunken und ramponiert zu ihm nach Hause kam, hat er sie in der Badewanne gewaschen und mit ihr gesprochen, als wäre sie ein kleines Kind.

Im Krankenhaus wird sie von einer kräftigen Frau verarztet, die ihr ohne viel Firlefanz die Stacheln aus der Hand zieht, einen Verband anlegt und sie mit einem Tätscheln verabschiedet.

Sie übernachten in Schlafsäcken bei Marco, brechen anderntags sehr früh auf.

Im Auto ist es schon heiß. Die Sonne ist wie ein hellrotes Loch am Himmel, ein Feuerschlund, stellt sich April vor, in dem sie nicht verschwinden möchte. Sie ist da, ganz und gar da, Vergangenheit und Zukunft in weite Ferne gerückt. Sie fahren an Olivenhainen, Papyruspflanzen, Gummibäumen vorbei, fahren über kurvenreiche Straßen in die Berge, überall roter Sand. Marco hat das Radio angemacht, und wenn er mit ihr spricht, nickt sie oder lächelt. Dann versinkt jeder wieder im eigenen Schweigen, untermalt von kitschiger Musik. Unterwegs halten sie oft an, besichtigen kleine Kirchen, April bestaunt Knochen hinter Glasvitrinen, daneben bunt schillernder Krimskrams, Flakons mit Flüssigkeiten in allen möglichen Farben, türkis, marineblau, rotviolett. Nachmittags sitzt Michael mit verschränkten Armen im Auto, sehr müde und schwach, das Licht verleiht seiner Haut einen fahlgelben Schimmer. Sie hat keine Lust, ihn anzusprechen, ihn zu fragen, wie es ihm geht. Könntest du bitte, sagt er, und sie ahnt, was jetzt kommt, sie soll ihm die Nadeln setzen. Marco parkt das Auto unter einem großen, Schatten spendenden Baum. Sie steigt aus und sucht in ihrer Tasche nach den Nadeln. Michael lehnt sich in seinen Sitz zurück, sie beugt sich über ihn, desinfiziert seine Ohren, dann setzt sie die feinen Stahlnadeln und stellt sich dabei das Kunststoffohr vor, an dem sie üben musste. Sie versucht, die richtigen Punkte zu treffen, an einer Stelle quillt ein winziger Blutstropfen aus dem Einstich. Michael wirkt zufrieden, sein Gesicht entspannt sich.

Abends werden sie in einer kleinen Küstenstadt von einem Restaurantbesitzer erwartet, dem Marco mit einer schwierigen Operation das Herz gerettet hat. Sie werden stürmisch begrüßt und umarmt, bekommen den besten Tisch, der Koch verwöhnt sie bis spät in die Nacht mit vielen kleinen Speisen. Noch nie hat April einen solchen Wohlgeschmack genossen. Der Koch kommt ihr vor wie ein Abkömmling von Zwerg Nase, das Märchen hat sie als Kind oft gelesen.

Sie übernachten bei dem Restaurantbesitzer, der ihr am nächsten Morgen schon ganz vertraut vorkommt. Später, während der Weiterfahrt, träumt April mit offenen Augen. In Taormina begegnen sie im antiken Theater einem Mann, der vor ihnen stehen bleibt und mit erhobenen Armen einen Text rezitiert, bevor er weitergeht. Marco hebt ebenfalls die Arme, um dem Mann zu antworten, hinter ihm sind im flirrenden Licht die Umrisse des Ätna zu erkennen. Ein Gedicht, sagt Michael, ich glaube, von Petrarca, und April wird plötzlich sehr deutlich bewusst, dass sie das ohne ihre Ausreise nie erlebt hätte. Sie muss an den Journalisten aus München denken, an seine Begeisterung über das Echte und Unverfälschte in ihrem Land, und wird erst jetzt wütend. Er konnte wieder wegfahren, denkt sie, hatte die Wahl zwischen Leipzig und Venedig.

In Armerina werden sie vom Bürgermeister durch die Villa del Casale geführt. Fast alle Böden des Hauses sind mit farbigen Mosaiken bedeckt, dargestellt sind Wildesel, Raubkatzen, Antilopen, Steinböcke, doch am meisten beeindruckt April ein Tigerfang in Indien. Dem Tiger wird eine Kristallkugel zugeworfen, er glaubt, in seinem eigenen Spiegelbild eines seiner Jungen zu erkennen, das lenkt ihn von den Jägern ab, die ihn nun leicht einfangen können. Sie steht lange davor, Michael hat sich bei ihr eingehakt, sein Kopf liegt auf ihrer Schulter. Abends essen sie mit dem Bürgermeister, dem Marco mehrere Stents eingesetzt hat, Pastinaken in Rosmarin, gegrillten Kürbis mit Lorbeer, eingelegte rote Zwiebeln.

Am nächsten Tag kommen sie in ein kleines Dorf, wo sie ein ehemaliger Friseur in seiner Küche empfängt, in der er auch sein Auto geparkt hat. Kinder und Frauen sitzen um den Tisch, und der Friseur, ein älterer hochgewachsener Herr mit krächzender Stimme, nimmt Aprils schräg geneigten Kopf, küsst sie links und rechts und wiederholt, was Marco ihm zuruft: Mama April. Sie ist also Mama April, so nennt sie Marco. Es ist ihr recht, sehr recht sogar. Marco hat dem Friseur vor ein paar Jahren einen wandernden Granatsplitter entfernt, und das feiern sie bei jedem Wiedersehen mit sehr viel Grappa.

Am nächsten Morgen ist sie verkatert, ihr Haar noch kürzer als sonst, und Michael hat eine Glatze. Unterwegs im Auto ist sie wie betäubt von der Schönheit der Landschaft, während sie Michael hinter sich stöhnen hört. Sie dreht sich um, legt ihm die Hand aufs Gesicht, ohne Haare wirkt es noch eingefallener. Sie haben den

Sonnenaufgang um wenige Minuten verpasst. Er fragt sie, ob sie ihm die Nadeln setzen kann, nuschelnd, als wäre seine Zunge geschwollen, und plötzlich muss sie loslachen. Es ist kein schönes Lachen. Michael kneift die Augen zusammen und blinzelt so heftig, dass sie seinen Wimpernschlag zu hören glaubt. Er ist genauso wütend wie ich, denkt sie, spürt ihre Mundwinkel zittern, spürt, wie sich der Knoten unter ihrer letzten Rippe löst, rote Wutpfeile verschießt, mit einer Wucht, die ihr den Atem aus dem Körper zieht. Ihr Atem fegt alles beiseite, die Schönheit der vergangenen Tage, die Geborgenheit, die sie empfunden hat, die Freude. Als wäre ihr Körper ein Hochdruckgerät, aus dem ihr Atem mit einer Geschwindigkeit entweicht, die Häuser zum Einstürzen bringen könnte. Und Menschen. Nähe. Liebe. Sie flucht, schreit, beschimpft Michael auf wüsteste Art, trommelt unablässig an die Scheiben. Marco hält an, sie nimmt ihre Tasche, reißt die Tür auf und rennt davon. Schon während der ersten Schritte setzt sich das Gefühl in ihr fest: Alles ist vorbei. Unwiderruflich hat sie gerade zerstört, was ihr lieb und wichtig ist, hat sich in etwas hineingesteigert, was niemand nachvollziehen kann. Sie hört auf zu rennen, geht mit traumartiger Langsamkeit weiter auf einer riesigen Weltkarte, von Afrika nach Jugoslawien, ein Versinken in Orten, wo sie nie sein wird. Scher dich dahin, wo du herkommst, die Stimme ihrer Mutter, und April wird es akzeptieren, sich endlich ergeben. Sie weiß nicht, wie lange sie geht, die Sonne brennt, ihr ist schwindlig, sie kann sich nicht entsinnen, wie viel sie in der letzten Nacht getrunken hat. Als sie ein Städtchen erreicht, setzt sie sich in eine Bar, bestellt Grappa, einen nach dem anderen, bezahlt, torkelt irgendwohin. Es ist Sommer, denkt sie, so sieht also dieser Sommer aus. Sie lehnt an der Mauer einer kleinen Kathedrale und weint. Sie friert. Spürt das Fieber kommen, mit dem Wunsch, dass ein Gott sie erlöst. Ab und an wacht sie auf, ist froh über die Hitze in ihren Gliedern, sie ist krank, vielleicht wird sie sterben, vielleicht wird man ihr dann vergeben. Sie möchte dort sein und nicht hier, ohne zu wissen, wo dort ist. Als sie schließlich die Stimmen von Michael und Marco hört, ist sie unfähig zu antworten.

April erwacht in einem Krankenhausbett, neben ihr sitzt Michael und hält ihre Hand. Marco hat dir eine Spritze gegeben, sagt er, du hattest über vierzig Fieber.

Sie gibt sich schwächer, als sie sich fühlt, danke, sagt sie mit sehr leiser Stimme. Dann fällt ihr ein, was geschehen ist, und eine Welle von Scham überrollt sie, sie will sich entschuldigen, Abbitte leisten, es tut mir so leid, sagt sie.

Es war das Fieber, sagt Michael, es hat dich völlig aus der Bahn geworfen.

Sie weiß genau, dass es nicht am Fieber lag, doch sie schweigt. April zieht sich an, folgt Michael auf wackligen Beinen nach draußen, sie ist durstig, sie trägt ein helles Kleid mit schwarzen Punkten, kommt sich vor wie ein staksender Storch. Als sie Marco sieht, senkt sie verlegen den Blick, doch er nimmt sie in die Arme, spricht in seiner Sprache, es klingt beruhigend, und sie ist zutiefst erleichtert.

Während sie in den nächsten Stunden im Auto sitzt, ist ihr zumute wie stundenlang durchgekitzelt; das schlechte Gewissen schleicht sich in die tauben Glieder, gefolgt vom Misstrauen, sie begreift nicht, warum sie gerade so viel Schutz erfahren hat. Aber sie ist auch dankbar, weil sie nicht verstoßen, sondern geduldet, sogar aufgenommen wird, am liebsten würde sie auf die Knie fallen und sagen: Ich werde immer brav sein. Sie schwört sich, Rücksicht zu nehmen auf alle Krankheiten Michaels.

Sie setzt ihm die Nadeln, sagt: Was für ein wunderschöner Tag, streichelt sein Gesicht, wenn es sich missmutig zeigt, ihre Stimme ist sanft und leise. Als sie die Küste entlangfahren, stellt sie sich vor, wie sie das Meer durchschwimmt, ganze Ozeane hinter sich lässt und nie mehr aufhört zu schwimmen.

In Modica lässt sich April die krümelige, nach Zimt schmeckende Schokolade im Mund zergehen, sie kauft eine dicke Tafel für Julius, und als sie neben den Einheimischen in Noto auf der Bank sitzt, verspürt sie in dem honigfarbenen Licht bei aller Benommenheit einen Anflug von Zuversicht. Sie gehen gemeinsam durch prachtvolle Gassen, an Palästen vorbei, sitzen unter Olivenbäumen oder auf Steintreppen. Sie denkt, es könnte doch alles gut werden, gleichzeitig klingt dieses Gutwerden in ihren Ohren, als würde jemand auf eine Wunde von ihr pusten. In Avola isst sie Brandteigkrapfen, Marco bringt ihr ein paar italienische Wörter bei. Himmel: cielo, Sehnsucht: nostalgia, Brunnen: pozzo. April spricht ihm die Wörter sehr ernsthaft nach.

Michael hat wieder diesen Blick, um den Mund einen Zug von Überdruss und Kränkung. Sie sieht sich in seiner Sonnenbrille gespiegelt, während sie ihm die Nadeln setzt. Er hat seit zwei Tagen nichts Richtiges gegessen, auch nicht das richtige Wasser gefunden, deshalb trinkt er falsches Wasser und fühlt sich schlapp. Er braucht einen ganz bestimmten Langkornreis, der sich nirgendwo auftreiben lässt. Er sagt, er hofft auf einen Asteroiden, der ihn erlösen wird. April übt Nachsicht, umsorgt ihn geduldig, versucht, ihn aufzuheitern. Während der Autofahrt schweigen sie meist, Marco singt manchmal zur Musik aus dem Radio. Sie muss an Hans denken und spürt eine Welle der Zuneigung. Was für ein guter Vater er Julius ist und wie oft sie ihm unrecht getan hat. Ich bin intakt, hat er ihr beim Abschied gesagt, als wollte er ihr eine sorglose Reise ermöglichen. Sie wünscht Hans in Gedanken, dass alles gut für ihn wird, und dann fragt sie sich, warum immer alles gut sein muss. Hier, in dieser Landschaft, hat sie zum ersten Mal das Gefühl, in Westberlin zu Hause zu sein. Und sie hat eine ungeheure Sehnsucht nach Julius. Sie stellt sich vor, mit ihm Federball zu spielen, sein Gesicht in die Hände zu nehmen, ihm Geschichten zu erzählen.

Sie stehen alle drei auf dem Bahnsteig und warten. In der Morgensonne riecht die Luft nach herbem Männerdeo, nach Schweiß, Kaffee und Abschied. Es sind immer die Gerüche, die sie traurig stimmen. April fällt es schwer, sich von Marco zu verabschieden. Er dreht ihr noch eine Zigarette, dann steigt sie mit Michael in den

Zug. Auf dem Gang raucht sie zum Fenster hinaus, ruft Marco einen letzten Gruß zu, und er antwortet. Sein Lächeln, seine Freude kommen ihr ansteckend vor, Mama April ruft er, bevor der Zug Fahrt aufnimmt.

Epilog

Sie öffnet den Umschlag erst in Berlin. Das Literaturstipendium wurde ihr bewilligt. Sie begreift nur langsam: Sie wird ernst genommen, das, was sie schreibt, wird ernst genommen.

Julius kommt in der Frühe manchmal in ihr Bett und erzählt seine Träume, an die er sich nur bruchstückhaft erinnern kann: Ich hab geträumt, von einem Fisch, einer fliegenden Zitrone, dem Mond. Sie bauen kleine Geschichten aus seinen Traumbildern.

Reinhard, der Bruder von Hans, durfte endlich ausreisen. Er wohnt bei Hans, und April hilft ihm bei den Behördengängen. Seine Euphorie stimmt sie skeptisch, sie weiß, wie stark die Wirklichkeit von seiner Vorstellung abweicht. Sie hat einen Brief von Susanne erhalten, auch sie hat die Ausreise beantragt.

Den verfeinerten Qualen von Michael begegnet sie mit einer neuen Wut, einer Lebenswut, die ihr Kraft verleiht, ihre Augen funkeln, wenn sie ihm hilft. Sie wird ihn verlassen, aber nicht, weil er schwierig ist; sie hat das Gefühl, er hat sich in seiner Krankheit eingerichtet, wie in einer Wohnung: dort das Sofa, hier der Fernseher, die Küche, irgendwann ein Asteroid, vielleicht auch nicht.

Das Kriegsgeheul ihrer Mutter vernimmt sie nur noch selten, es lässt nach, sie hofft, dass es sie bald gar nicht mehr erreichen wird.

Artur verschwindet in ihren Buchseiten, und das, was von ihm übrig bleibt, gleicht zusehends ihrem Vater. In der Markthalle hält sie sich dicht an seiner Seite, versucht, diesen sauer-scharfen Geruch nach Bier und Schweiß wahrzunehmen, nach Kindheit. Sie schaut ihn an. In seinen Augen zarte Blutfäden, der vertraute Ausdruck von Verzicht und Hochmut. Das Haar, als habe er es feucht gekämmt. Tagelang, wochenlang, behält sie ihn im Auge, bis der Sommer zur Neige geht. Da ist ihr Vater längst tot. Seine Nachbarin hat April ein Päckchen geschickt. Die Nachbarin schreibt, sie habe ihre Adresse von einem Paket, das bei ihm ungeöffnet in der Ecke stand. Dem Familiennamen nach müsse sie die Tochter sein, von der ihr der kranke alte Mann erzählt hat. Er sei an Lungenkrebs gestorben, schreibt sie, und habe bis zum Schluss nicht gewusst, wie schlimm es um ihn stand. In dem Päckchen findet April Briefe, die sie ihrem Vater als Kind geschrieben hat, ein Manuskript, zusammengefaltete Blätter. Als sie auf einem Bild den blauen Traktor entdeckt, muss sie lachen, das Bild hat ihr Vater für sie gezeichnet, auf dem Traktor sitzt ein betrunkener Fahrer und hält eine Bierflasche in der

Hand. »Helden aus der LPG« sollten sie für die Schule zeichnen, ihre Note war die schlechteste gewesen. Auf einem Foto glaubt sie einen ungarischen Husaren zu erkennen, der ihrem Vater ähnelt, der Jahreszahl zufolge könnte es ihr Großvater sein. Ein anderes Foto zeigt ihren Vater im Hintergrund einer Filmszene, er schwenkt ein Gewehr, vorn ist Robert Mitchum zu sehen. Auf dem dritten Foto sitzt sie als Kind im Gras, vor einem weiten Horizont. Sie weiß nicht, wo und wann das Foto aufgenommen wurde, es muss Sommer sein, das Mädchen trägt kurze Hosen und hält sich die Hand über die Augen, doch April meint ganz deutlich ein Lächeln zu erkennen.

»Ein starkes Buch über eine starke Frau.«

Denis Scheck, ARD druckfrisch

*Cover- und Preisänderungen vorbehalten

Jahre später

Roman

Piper Taschenbuch, 160 Seiten
€ 12,00 [D], € 12,40 [A]*
ISBN 978-3-492-31851-8

Auf einer Lesung lernt sie einen Mann kennen, der April zunächst durch seine dreist raumnehmende Art auffällt. Es ist nicht Sympathie, die sie zusammenführt. Es ist eine andere Form der Anziehung: Intensität. Angelika Klüssendorf erzählt, wie eine Liebe zwischen zwei radikalen Einzelgängern entsteht, die beide mit ihren eigenen Mitteln versuchen, ins Soziale zu finden und zu sich selbst. Es ist eine Geschichte von der Bereitschaft, sich zu öffnen, von glühender Gemeinsamkeit, aber auch den unaufhaltsamen Fliehkräften, die das Paar auseinandertreiben.

Leseproben, E-Books und mehr unter www.piper.de